人斬り剣奥儀

津本 陽

PHP
文芸文庫

○本表紙デザイン＋ロゴ＝川上成夫

人斬り剣奥儀◉目次

人斬り剣奥儀

小太刀《こたち》勢源《せいげん》

　永禄《えいろく》三年（一五六〇）七月、美濃《みの》稲葉山城下の朝倉成就坊《じょうじゅぼう》の屋敷に、越前《えちぜん》富田流の剣客《けんかく》富田五郎左衛門《ごろうざえもん》勢源《せいげん》が逗留《とうりゅう》していた。

　勢源は当時三十七歳、富田流二世富田治部左衛門景家《かげいえ》の長男で、剣名天下に知られた兵法《ひょうほう》達者であった。

　彼は越前宇坂の荘《しょう》、一乗浄教寺村の富田屋敷で生れた。剣槍《けんそう》の技にすぐれ、幼少の頃《ころ》から天稟《てんぴん》をあらわしていたが、成人してのち眼病にかかり、わが前もさだかに見え難い有様となったので、家督を弟の治部左衛門景政《かげまさ》に継がせ、自分は法体《ほったい》となって勢源と号するようになった。

　富田流は、中条流からわかれている。中条流の祖は、中条兵庫頭長秀《ひょうごのかみながひで》である。中条家は源頼朝《みなもとのよりとも》の八男八田知家《はったともいえ》からおこった名流で、代々兵法にすぐれた男子が出た。

長秀に至って大成した中条流正統は、香取神道流、陰流《かげ》とならんで日本剣法を代表する三大流派の一となった。

勢源の祖父長家は、中条流四代を継いだのち、富田流をひらいたのである。

勢源は眼病をやしないつつ、諸国を経《へ》めぐり、兵法修業をかさねてきた。体格も人なみで、目立つ風采《ふうさい》ではなかったが、ひとたび太刀をとると底知れない破壊力を発揮するので、彼の名はいつか兵法者のあいだに隠れないものとなっていた。

勢源が逗留している屋敷の主《あるじ》成就坊は、越前朝倉家の一族で、斎藤家に人質として預けられている身のうえで、勢源とは旧知の間柄《あいだがら》であった。

長良《ながら》川に沿う城下町は、樹木の緑がふかく朝夕はさわやかで暑気をしのぎやすい。

勢源は旧友の成就坊にすすめられるまましばらく足をとどめ、近在の温泉《いでゆ》で眼病の治療をしていた。

永禄三年には、織田信長が尾張《おわり》で勢いをのばしていた。彼は五月に桶狭間《おけはざま》で今川義元《よしもと》を討ちとったのち、美濃に鉾先《ほこさき》をむけるようになる。

美濃の国主斎藤義龍《よしたつ》は、弘治《こうじ》二年（一五五六）に父道三《どうさん》と二人の弟を殺した人非人《にんぴ にん》といわれる人物であるが、実際は有能な武将で、信長の再三の美濃攻めを、苦もなくしりぞけていた。

身長六尺四、五寸、膝《ひざ》の厚さ一尺二寸余といわれる巨漢で、武芸を熱心にたしなみ、神道流の達者として聞えた梅津某《なにがし》を兵法の師匠としてむかえ、稽古《けいこ》にはげんでいる。

梅津はある日、弟子のひとりから問われた。

「近頃、ご城下の朝倉成就坊さまのお屋敷に、富田勢源という法体の剣術遣いがおるそうでございます。なんでも、ひろく世に聞えたる遣い手らしいと聞きまするが、お師匠さまはお聞き及びでございまするか」

梅津は力自慢の斎藤義龍に気にいられたほどであるから、身長六尺余、日頃腕を鍛えるのに、三貫目の鉄棒を片手でふりまわす、なみはずれた膂力《りょりょく》の持主であった。

「なに、富田勢源とな。聞いておるぞ。そやつはいまでは富田流と称しているが、中条流の小太刀をよく遣う男じゃ。したが、いかに巧みに遣おうとも小太刀ゆえ、合戦の場では太刀に押され、ものの用には立つはずもない。いうなれば小手先の芸じゃ」

梅津は話しているうちに思いたつ。

「そうじゃ、おのしらで勢源に立ちあいを所望いたしてみよ。小太刀遣いの力量がどれほどのものか、分るであろうが」

「勢源はお師匠さまとはちがい、背はさほど高くはなく、痩《や》せており、眼病をわずらいわが前も見分けがたく、宵《よい》になれば家内をさなずり歩むそうでござります」

梅津は首をかしげる。

「兵法者の眼《め》が見えずば、太刀打ちができまいが。勢源とか申す者が世上に名高きは、虚伝かも知れぬぞ。おのしら、一度立ちおうてみよ。負けたときは儂《わし》が試合をいたしてやろうほどに」

梅津にけしかけられた弟子たちは、さっそく朝倉屋敷へ出向いた。

いずれも四天王、八天狗《てんぐ》などと称する血気の若侍である。玄関で来意を告げると、勢源の弟子の松尾という侍が出てきて、ことわった。

「当方師匠は、他流試合を好みませぬゆえ、ご遠慮つかまつる」

「ほう、それはいかなるご存念によってのことでござろうな。廻国《かいこく》修業をなさるる兵法者が、他流試合をなされぬとは、異なことを聞くではないか」

松尾は、無遠慮な若侍たちのいいぐさが、気に障《さわ》った。

「他流試合をいたして勝ちを得たなれば、相手方に疵《きず》がつき、つまるところは怨恨《えんこん》を買うこととなるゆえにござる」

若侍たちは、眼をいからせる。

「御辺《ごへん》の申されようを聞いておれば、われらがかならず試合に負けると思うておらるるごとく、うけとれるがいかがじゃ」

松尾は、とりあわない。

「さようなことは思うてはおらぬが、いかようにうけとらるるも、お手前がたのご勝手でござろう。ではこれにてご免」

立とうとした松尾を、若侍たちは呼びとめた。

「待て、おのしが応対は無礼であろう」

「ほう、おのしと申されたな。聞きとがめたぞ。無礼はそちらのほうであろう」

松尾の眼差《まなざ》しが凄《すご》みを帯びた。

若侍たちは気《け》おされて口をつぐむ。

松尾は吐きだすようにいった。

「小僧どもに構わば、儂が愚か者となるばかりじゃ」

背をむけた松尾を、再び若侍たちが呼びとめる。

「おのれ待て、われらを小僧と呼びおったな」

「売り言葉に買い言葉じゃ」

若侍のひとりが刀の柄《つか》に手をかけ、朋輩《ほうばい》にひきとめられた。

「待て、ここは成就坊さまがお屋敷じゃ。狼藉《ろうぜき》はならぬ」

松尾は笑って奥にはいった。

勢源は書院で成就坊と世間話を交していた。諸国を経めぐっている兵法修業者は、見聞がひろい。

勢源は成就坊の屋敷に滞在しているあいだに、幾度か斎藤家の重臣氏家常陸介《うじいえひたちのすけ》の訪問をうけ、伊勢《いせ》、尾張、三河、甲斐《かい》などの様子をたずねられた。

勢源は諸国の城郭、大名の実力、政事《まつりごと》の現状についてこまかく観察し、覚え書きをひかえているので、氏家が知りたい事情につき、過不足なく返答する。

義龍は氏家から、勢源の器量について聞き及び、できるなら召抱えたいと誘いをかけていた。

だが、勢源には仕官の望みはなく、氏家を通じ丁重に辞退した。

義龍は仕官の気がないのであれば、一度兵法の手練を披露《ひろう》してもらいたいと、使者を遣わして求めたが、それもことわられた。

「当流には、他流試合は許されてはござりませぬ。いたずらに勝敗をあらそわば、さきに災いの種を播《ま》くこととなりまする」

もっともな返答であったので、義龍は重ねての所望はしなかった。

玄関から戻った松尾は、師匠に告げた。

「ただいま梅津一門のお弟子衆が参られ、お師匠さまにお手あわせ願いたしとの口上にござりまいたが、さようの儀はご免こうむりたしと申し聞かせ、ひきとらせてございまする」

勢源は、細い眼へ光りを宿した。

「梅津殿とは、国主さまのご指南役じゃな。ここなお屋敷が居心地よきゆえに、ついつい長居してしもうたが、そろそろ出立《しゅったつ》いたさねばならぬときが、きたようでござる」

勢源は茶をすすり、成就坊を見る。

「なに、梅津ごときが何をいいかけて参ろうとも、気にすることはない。儂があやつどもに勝手なふるまいはさせぬ。勢源殿が立ち寄ってくれ、儂はひさびさに楽しき日を過ごしおるに、いましばらくおられよ」

成就坊は越前にいるとき、勢源から兵法の手ほどきをうけたことがあり、年頃も似通っていて気があう。

碁、将棋、連歌《れんが》、茶の湯と、二人は趣味のうえでもおなじ好みであった。

勢源は、廻国修業のあいだに、他流試合を迫られ、やむなく応じたことが幾度かあった。彼は敗北することがなかった。

勢源ほどの達者になると、剣を交えることがなくても、相手をひとめ見ただけで、腕前のほどが見てとれる。

彼はこの数年、自分をうわまわる技倆《ぎりょう》の剣客と出逢《であ》ったことがなかった。勝てると分っている相手と立ちあい、なるべくおだやかに打ちこんで勝つ。試合のあとは、敗者の素質をひたすらほめあげ、今日の試合は怪我《けが》勝ちであったといい、ただちにつぎの目的地にむけ出立《しゅったつ》するのである。

ぐずついておれば、遺恨を抱く相手から闇討《やみう》ちをくらうことになった。弓、鉄砲の飛び道具で狙《ねら》われることもあるので、長居は無用である。

勢源は稲葉山城下から、はやく離れたほうがよさそうだと感じていた。あと四、五日のうちには、近江《おうみ》から五畿内《ごきない》へむけての旅に出ようと思っている。

勢源に従うのは、若侍たちと応対した松尾源之丞《げんのじょう》という、四十がらみの侍がただひとりであった。

松尾は加賀の産で、兵法稽古に熱心である。

以前は朝倉の一族、朝倉景鏡《かげあき》の家来であったが、牢人《ろうにん》してのちはふたたび主取りをせず、勢源に従い、ひたすら兵法修業に精進していた。

松尾の腕前は、師匠に遠く及ばないが、世間には剣客として通用できるほどのものである。

彼は常にこぼしていた。

「お師匠さまが強すぎるゆえ、儂《わし》はおのれがちいさく見えてならぬ」

盛夏の烈日が照りつけ、城下の家並みに明暗の隈《くま》どりを、あざやかに宿している昼さがり、松尾は所用でそとに出た。

勢源の書状を、城下の知る辺に届けにゆき、ついでに瓜《うり》を買ってくるのである。稲葉山から瑞龍寺《ずいりゅうじ》山へかけての山肌《やまはだ》を覆《おお》う樹林で、蟬《せみ》が大気をゆるがし啼《な》きしきっていた。

松尾は侍らしく日陰をえらばず、道の中央をゆっくりと大股《おおまた》に歩む。汗がこめかみをつたい、彼は手拭《てぬぐ》いをとりだし幾度も拭《ふ》いた。

長良川の堤にさしかかると、松尾は道端のくさむらのなかに、いくつかの人影が動かないでいるのを見た。

「この日盛りに、なにをしておるのやら」

松尾は四五間ほど傍《そば》まで近づいて、足をとめた。

剣客としての本能が、危険を察知したのである。人影は五人、いずれも双刀を帯びた武士である。

（こやつらは、儂を待っておったようじゃ。さては先日たずねて参った梅津の弟子どもじゃな）

歩み寄ってくる笠《かさ》のうちを見ると、覚えのある顔であった。

「御辺《ごへん》らは、先日おわせられし梅津殿のご門人がたと、お見受けいたすが」

松尾は問いかける。

五人は答えず、足をとめない。

「待たれい、そのうえ寄らば斬《き》って捨てるぞ」

松尾は左手を大刀の鍔《つば》もとにそえ、右手で菅笠《すげがさ》の紐《ひも》をといた。

若侍たちは足をとめ、笠をすてるといっせいに刀を抜いた。

松尾は腰をおとす。堤の幅はさほど広くはなく、ひとりが仕懸けられるほどの余裕しかない。

彼はおちついた動作で刀を抜いた。入念に寝刃《ねたば》をあわせておいた愛刀の刃渡りは二尺一寸。小ぶりではあるが切れ味は凄《すさ》まじい。

松尾の正面に二人が迫った。両脇《わき》の斜面へ一人ずつ、残りの一人は背後へまわった。

「斬られる支度は、ととのいしか」

松尾は剣尖《けんせん》を下段におろし、淀《よど》みない足どりですらすらと前へ出た。

三尺ほどの剛刀を八相《はっそう》に構えていた正面の敵が、気合とともに松尾の左肩へ袈裟《けさ》に打ちこんできた。

松尾は同時に右まえへ踏みこみ、敵の左腰を薙《な》ぎあげた。手応《てごた》えがあったと思った瞬間、彼は中段の剣尖を浮かし、飛びさがろうとするいまひとりの敵に襲いかかった。

刀身の嚙《か》みあう冴《さ》えた音が鳴り、松尾は受けとめられた刀を舞わせ、二の太刀、三の太刀を打ちこむ。

腰が崩れ、顔をみにくくひきゆがめた敵に松尾が体当りをかけ、はねとばした。体を半回転させた若者が、叫びつつ横殴りに斬りこんでくるのを、払いのけて突く。

松尾は突いた刀をすばやく手もとへ引き、そのまま地面に右膝をつき、右片手で背後へ大車《おおぐるま》に刀身を振った。

松尾の背を斬ろうと追ってきた人影の腰から脇腹へかけ白刃《はくじん》が走ると耳をつんざく絶叫が湧《わ》き、袴《はかま》を大きく斬り裂かれた敵が刀をはなし、斜面をころげ落ちた。

松尾は息つく暇もなく、頭上に打ちこんできた刀身をかわして、自分も堤の下へころげ落ち、起きなおると追ってきた敵の向う臑《ずね》を薙ぎはらった。

松尾は立ちあがった。白地の明衣《ゆかたびら》を、返り血が斑々《はんぱん》といろどっている。

「あとはおのし一人か。さあ参れ」

堤上に立ちすくんでいた若侍は、松尾が刀の柄から血をしたたらせ、近づいてゆくとかぶりをふった。

「いかがした、やらぬのか」

てている。

松尾が聞くと、若侍は血の気のひいた顔でうなずいた。奥歯がカチカチと音をたてている。

「ならば刀を納めよ。朋友の介抱をいたしてやれ」

松尾は斬りあいの場から、あとじさりに十間ほど遠ざかったのち、刀を鞘《さや》に納め、韋駄天《いだてん》走りで成就坊の屋敷へ戻った。

彼は勢源に事の委細を告げたのち、衣服をくつろげた。

「なにをいたす」

勢源が聞いた。

「これにてご無礼いたし、腹を切りまする」

「うろたえるな、腹はいつなりとも切れよう。相手方よりかけあいありしとき、お前がおらねば、理非の申したてもいたしかねるではないか。非は先方にあることゆえ、お前は武士の一分《いちぶん》をたてしのみなれば、死ぬることはなし。命は儂にあずけよ」

成就坊も、勢源の意見に同意する。

「無体《むたい》に斬りかかりし者に咎《とが》はありこそすれ、わが身を守りしそなたが死ぬことはない。もしご家中よりお問いあわせあらば、儂がいきさつを申し述べようゆえ、任せておくがよい」

松尾は切腹を思いとどまった。

長良川堤の斬りあいの場には、見物人の姿はなかったが、誰かが見ていたのであろう、城下に噂《うわさ》のひろまるのは早かった。

松尾は、今日こそかけあいの使者がくるであろうと毎日待っているが、十日過ぎても何の沙汰《さた》もなかった。

やがて成就坊が、事情を探ってきた。松尾に斬られた者のうち三人は死に、足を斬られた一人のみが生き残ったという。

「あやつどもは、わが身の恥をいいふらすわけにもゆかず、死んだ者は病死と届けいでたそうじゃ。そなたにはこののち何のお咎めもこぬ。まずは気を許してもよかろう」

成就坊はいった。

「このうえは、一日も早うご城下を立ち退《の》かねばなりますまい。ながらくお世話にあいなり、人騒がせなる刃傷《にんじょう》沙汰をおこして、いかいご迷惑をおかけ申した」

「われらには何の迷惑とも思わぬが、このうえなおお引きとめいたすのも、いかがかと存ずるゆえ、やむをえぬ。またの日にお立寄り下されい」

勢源主従は、さっそく旅支度をととのえることとした。

二人が客殿へひきとろうと座を立ちかけたとき、家来が知らせてきた。

「ただいまお式台に、梅津さまのご門人がお二人参られ、勢源さまにお目通り願いたしと申しておりまするが、いかがいたしましょう」

「よかろう、逢《お》うてみるか」

勢源は玄関脇の小座敷で、梅津の使者に会った。

「それがしの師匠は、勢源殿が小太刀の冴《さ》えを拝見いたしとうござるゆえ、お手あわせをお頼みまいらせたしと、申しておりまする」

使者の口上を聞いた勢源は、即座にことわった。

「それがしは仏門に帰依《きえ》いたす身にて、試合のお誘いはお受けいたしかねる。もし小太刀の技を是非にもご実見なされたいのなら、越前にてそれがしの弟景政とお立ちあいなされるがよろしかろう」

使者は帰って、梅津にその言葉を伝えた。

梅津は勢源が試合を辞退したと聞くと、門人の仇討《あだう》ちをすべく緊張していた気がゆるみ、大言を吐いた。

「さもあろう、儂《わし》の兵法は当時関東に鳴りひびいておるからのう。儂の師匠のもとには、相弟子が四十人もいたが、すべて儂には敵《かな》わなんだ。当国へ参ってのちも、吹原大書記、三橋貴伝など、聞えし遣い手を打ち伏せ、お殿さまに召抱えられたのじゃ。勢源ごときは、越前では達者といわれても、儂には敵わぬと思うがゆえに、なにかと言を左右にいたし、試合をいたすまいとするのであろう。勢源はそれでも兵法者といえるのか。儂は試合となれば、いかなる相手をも避けはせぬ。たとい当国のお殿さまであろうとも立ちあい、手加減はいたさぬ」

梅津は調子にのり、ついいらぬことまで口走った。

日頃《ひごろ》高慢な梅津には敵も多い。国主を相手でも容赦はしないという一言が、義龍の耳にはいった。

義龍は梅津の高慢が気に障《さわ》り、家老の武藤淡路守《あわじのかみ》、吉原伊豆守《いずのかみ》の二人を呼び、命じた。

「梅津が高言、聞き捨てがたし。勢源がもとへ参り、是非にも試合いたすよう申しつけて参れ」

二人の使者は成就坊の屋敷へ出向いた。

勢源は使者のすすめに応じなかった。

「無益の勝負をいたすは、かえって兵法の妨《さまた》げとなりますれば、平《ひら》にお許し下されませ」

両使は帰って、その由《よし》を義龍に言上した。

義龍はいう。

「勢源の口上もっともなりといえども、梅津が主人を軽んぜし過言は、聞きのがせぬゆえ、儂にかわってこらしめてもらいたしと、いま一度頼んで参れ」

勢源は再度の誘いに、ついに応じた。

「国主殿がさようのお指図をなされたならば、このうえ辞するは武士の道に背《そむ》きまするゆえ、しかとお受けいたしまする」

義龍は、勢源が試合に応じたと聞き、おおいによろこんだ。


試合の刻限は、七月二十三日辰《たつ》の刻（午前八時）、場所は武藤淡路守の屋敷と決った。

検分役は武藤、吉原の両人である。

梅津は試合の前夜から禊《みそぎ》をして、勝利を神に祈った。勢源はその様子を聞くと、ひとこと洩《も》らした。

「心に邪《よこしま》なくば、神に祈らずとも至誠は通じるものじゃ」

翌朝、勢源は松尾のほか数人の供を連れ、武藤の屋敷へ出向く。

彼は試合の場へ案内される途中、縁の下に薪《たきぎ》が積みかさねられているのを見て、そのなかから一尺二、三寸の黒木《くろき》を引きだし、振ってみてうなずく。

「得物はこれでよし」

彼は握りの部分がすべらないよう、鹿皮《しかがわ》を巻きつけ、手に持った。

梅津は数十人の弟子を引き連れていた。空色小袖《こそで》、皮袴のいでたちで、三尺五寸の八角棒を錦《にしき》の袋にいれ、弟子に持たせている。

勢源は柳色小袖に墨染めの半袴をつけ、眼病をわずらっている眼《め》もとが、力なげに見えた。

試合の場には、義龍に従う諸臣が居流れていたが、立ちあう両人を見た者はすべて、梅津が勝つにちがいないと思った。

梅津は貧弱な風采《ふうさい》の勢源を、ひとひしぎにしてやろうと猛《たけ》りたっている。

彼は検分役に申しでた。

「それがしは、あい願わくは真剣を遣いたしと存ずるが、いかがでござろうや」

吉原伊豆守が、やむなく勢源にその由を伝える。

「何をお遣いなされしとて、それがしにご斟酌《しんしゃく》はご無用でござる」

「されば、そこもとは脇差をお遣いなさるるか」

「いや、これにてお相手つかまつる」

勢源は手にした黒木を、はなさなかった。

梅津は、勢源が薪を遣うというのに真剣をとっては面目が立たない。やむをえず三尺五寸の八角棒をとった。

棒には鉄の延金《のべがね》が打ちつけてあり、一撃されれば骨が砕ける。

「両人、参られよ」

検分役が声をかけ、二人は五間の立ちあい間合《まあい》を置き、むかいあった。

試合をはじめるまでは、死灰のようにひかえていた勢源が、黒木を右手中段にとり、半身の構えになると猛然と庭上の砂を蹴《け》って詰め寄ってゆく。

脇構えにとっていた梅津は、棒を上段にとりあげ、気合とともに打ちおろしたが空《くう》を切った。瞬間に右に身をひらいた勢源は、手もとへ繰りこみ激しく打ちこむ。

梅津が左の小鬢《こびん》から二の腕までしたたかに打たれ、よろめくのを見て、義龍は思わず立ちあがり、諸臣はどよめいた。

梅津のこめかみから血が噴きだし、半身を濡《ぬ》らした。打撃がよほど強かったのであろう、梅津は棒を杖《つえ》に、しばらく動きをとめた。

勢源は黒木を右手に提げ、自若《じじゃく》として待っている。

梅津は気力をふりしぼって、攻めに出た。彼は詰め寄ると、棒をふりあげて打った。ふだんの彼に似あわない、単純きわまる攻めようであるが、剣の位《くらい》のちがう勢源に気力で圧倒されているので、なすすべもなかった。

勢源は梅津の右腕を打った。はためにはさほど強い打ちと見えないが、手のうちが締っているので梅津は立っておれず、前のめりに倒れた。

だが、必死の力をふりしぼり、棒で勢源の足を払う。勢源はとっさに宙に飛んで避けた。

勝敗はすでに決していたが、血迷った梅津は、懐中に隠し持っていた脇差を抜き、突こうとした。

勢源はものともせず、梅津の肩口を打ちすえる。梅津の動きはとまった。

梅津はその場で医師の手当てをうけ、戸板で送り返された。勢源は義龍のまえに出て、自分のつかった黒木を差しだした。

義龍は梅津の棒をもあらため、勢源の黒木に打たれ、ひび割れているのを見て、驚嘆した。

「この黒木は、末代への宝物といたすゆえ、儂に呉《く》れよ」

義龍は当座の引出物として、金子《きんす》と時服を贈ったが、勢源はうけとらなかった。

義龍は勢源をひきとめ、小太刀の技を家中諸侍に学ばせようとしたが、勢源は丁重に辞退するばかりであった。

翌朝、勢源と松尾の姿は稲葉山城下から消えていた。梅津一門の復讐《ふくしゆう》を懸念《けねん》したためである。

松柏《しょうはく》折る

示現《じげん》流初代東郷重位《しげたか》には、流儀の蘊奥《うんおう》とされる雲燿《うんよう》の技に至った弟子が、五人いた。いずれも流儀の名を自顕《じげん》流と称した時期の門下である。

「雲燿も形なく心なお形なし。ともに無形なるゆえに、同声相応ず」

と口伝《くでん》書に説かれている通り、意識なき虚心のうちに太刀を振れば、雲燿（いなずま）の迅速をわがものとできるという奥儀を会得《えとく》した弟子たちである。

雲燿の太刀のはやさは、堅い板のうえに薄紙一枚を置き、それを磨《と》ぎすました錐《きり》でつらぬくはやさとされている。

重位門下で、はじめて雲燿の技に達したのは、長谷場《はせば》四郎次郎で、彼についだのは篠原《しのはら》十内である。

長谷場は晩学で、自顕流の意地をきわめたのは、四十一歳であった。篠原は十九歳で長谷場の域に達した。

篠原十内は、鹿児島城下士で、小姓組の軽輩であった。彼の父は不詳とされ、私生児であったが、実は家中で一所持《いっしょも》ちといわれる、門閥の血を享《う》けている。十内の母親が、女中奉公をしていた先の主人の情をうけ、十内を生んだ。母親は商家の娘であったが、十内は士分にとりたてられた。

十内が重位の弟子となったのは、文禄《ぶんろく》元年（一五九二）十三歳の冬であった。長谷場四郎次郎が入門した半年後である。

十内は幼ない頃《ころ》から、家中で聞えた体捨《たいしゃ》流の遣い手である四郎次郎について、兵法《ひょうほう》修業をつづけていた。

重位は四郎次郎がともなってきた十内をはじめて見たとき、女性《にょしょう》にもまれな美しい顔だちにおどろいた。背丈は人なみであるが、花車《きゃしゃ》な体つきであった。

「そなたは、まっこて剣術を遣い申《も》すか」

重位はたしかめるように聞く。

四郎次郎が連れてくるからには、よほど腕が立つはずであるが、外見からは信じがたい。

「そじごあんす」

柿色《かきいろ》の麻上衣《うわぎ》に黒木綿の袴《はかま》をつけているだけであるが、十内の動作には若い女のような艶《なま》めかしさがこぼれる。

薩摩《さつま》は衆道《しゅどう》のさかんな土地柄《がら》だけに、色若衆であろうかと、重位は思った。

だが、裏庭へ通し、栗《くり》の立木《たてぎ》を打たせてみると、印象は一変した。自顕流のトンボの構えはもちろん知らないが、体捨流の鍔《つば》もとが肩さきにくる低い八相《はっそう》の構えから、繰りだす打撃が、立木を左右へ大きく動揺させる激烈なものであったからである。

打ちこみがつよいのは、手のうちが締っているからである。手のうちを締めるとは、太刀をふりかぶって打ちおろすとき、百姓が鍬《くわ》をふるうように、動きに万遍なく力を配分するのではなく、刀で物体を斬《き》る瞬間にだけ、全力を集中する呼吸をいう。

太刀を振るまえに体の筋肉をいくらかゆるめておき、太刀の刃が敵に触れるとき、全力を刀身の物打ちどころに集中すると、斬りおろす動作に非常な加速度がつく。

日本刀の反《そ》りによってみちびきだされる、引き斬りの威力が、手のうちを締めることでさらに倍加される。

手のうちを締めるには、鍛練を積むのが肝要であるうえに、天性を必要とする。天性に乏しい者でも鍛練によって、高度の域に達することができるが、いまひとつ技に冴《さ》えがそわないものである。

重位は一見して、十内の天性がまれにみるものであると感じた。

「お前《は》んは、いつから体捨流を習うちょったか」

重位が聞くと、十内は朱唇《しゅしん》をひらき、艶めく表情で答える。

「六つのときで、あい申《も》した」

数え年六歳といえば、稽古《けいこ》をはじめるのにいささか早めであるが、無理な年頃でもない。

十内は細い体であるが、鍛えあげているらしく、胸板が厚かった。重位はその日、トンボの構えからの打ちこみを教えた。

トンボの打ちでむずかしいのは、子供が打つぞと棒をふりあげた形に左手をそえる、八相より高い構えで、刃をわが体の外側後方にむけておき、ひねり打ちに打つ呼吸である。

刀をうちおろすとき、半回転のひねりをくわえると、打ちこむつよさが倍加するが、刃筋が狂いやすい。

体の外側から回転させてきた刃筋を、敵に打ちこむとき、まっすぐに変えねば斬れない。回転してきた刃筋のままに打てば、刃が敵の体にななめにあたり、上衣を切り裂くか、打撲傷を与えるにとどまる。

刃筋をたてるためには、左右いずれのトンボの構えからも、一定の軌道に乗った打ちこみができなければならない。

トンボの打ちは、「チエェーイ」という、ながく尾をひく甲声《かんごえ》をあげているあいだに、三十回を打つのを、最上とされている。

ひと声の気合のうちに、左右の連打を三十回おこなうには、目にもとまらない迅速な動作を要求される。

初心者が、トンボからの打ちをおこなえば、剣尖《けんせん》が動揺してさだまらない。トンボに構えたとき、剣尖が外へ倒れ、内へ倒れこむのである。

重位は、はじめてトンボの立木打ちをおこなう十内の傍《そば》に立ち、体に触れて動きを直してやった。

（こん和郎《わろ》は出来《でく》っが）

重位は十内の体がこわばっておらず、柔軟であるのに感心する。

人は未経験の動作をするとき、どうしても体がこわばり、不必要な筋肉にまで力をこめるものである。馴《な》れてくるにつれ、あたらしい動作に対応する筋肉が発達し、無駄《むだ》な箇所に力をこめることもなくなるが、武芸の素質の乏しい者は、鍛練をかさねてもいつまでも体がかたい。

十内がはじめて立木打ちをするのを見ると、トンボにとった剣尖は動揺するが、肘《ひじ》のかたち、刃筋、腰のかまえを重位に直されると、すなおに応じる。

真剣よりやや重い、四百匁《もんめ》ほどのユスという自然木《しぜんぼく》を木刀のかわりに使うので、十内は顔に汗をしたたらせ、呼吸を荒らげたが、小半刻《こはんとき》（三十分）ほど稽古しても音をあげない。

「はじめは、そんくらいでやめっがよか」

重位に声をかけられ、はじめて棒をおろした。

「どうじゃ、疲れたか」

重位が聞くと、十内はすなおにうなずく。

「明日からは、打ちだし（組太刀）を教えてつかわすゆえ、立木打ちはわが家でいたせ」

十内が聞いた。

「どれほど稽古《けこ》いたせば、ようごあすか」

「そうじゃな。庭木を相手に、朝三千回、夕に八千回打ちこみ、千日つづけりゃ、まず当流の意地がのみこめよう」

十内のような少年に、それほどの荒稽古をさせれば、体をこわすが、重位は発奮させるつもりで教えた。

十内は、立木打ちの荒稽古で、顔色が蒼《あお》ざめたが、自若《じじゃく》とした面構《つらがま》えを崩さず、帰っていった。

「子供にしちゃ、おちついておっげな」

重位は話すときこちらの瞳《ひとみ》のおくをのぞきこんでくる、槍《やり》の穂のようにするどい十内の視線にこめられている、殺気に気づいていた。

「ふしあわせな育ちと聞いたが、あん眼付《めつ》っは暗か」

重位がいうと、四郎次郎は答えた。

「そじごあんす。十内はあん年齢《とし》で、人を斬っちょい申《も》す」

やはりそうであったかと、重位は思った。

「いつじゃ」

「半年ほど前のことでござい申《も》す。甲突《こうつき》川の河原で、家中の乱暴者《ほっけもん》二人に仕かけられ、やむなく抜きあわせ、斬い棄ててごわす」

十内はただ者ではないと、重位は思った。

花車な少年が、たくましい若侍二人を相手に斬りあえば、負けて当然である。単身で二人の敵に勝つには、相手よりよほど腕が立たねばならず、胆力もいる。

「斬い棄てたとは、打ち留めたとか」

「そじごあんす」

重位は耳をうたがう。

生身の人間を斬り殺すのは、容易な技ではない。人は全身に傷を負っても、たやすくは死なず、血みどろになって狂いたつものであった。

真剣の斬りあいとなれば、双方ともに逆上し、自衛本能が知らぬまにはたらき、間合《まあい》を実際よりも狭く見がちである。

そのため、たがいに剣尖が相手にとどかず空《くう》を斬り、切先で地面を打ち叩《たた》いて折ることになる。相手を斬るには、たがいの息が顔にかかるほどに踏みこまねばならない。

首尾よく敵を斬ったとしても、打ち留めるのは至難の技である。十内が二人まで打ち留めたのは、なみの手練ではなかった。

「それで、十内にお咎《とが》めはかからなんだか」

「そじごあんす」

四郎次郎の返事で、重位は十内が斬りかけられたのは、衆道の誘いをうけたのを、ことわったためであろうと察した。

まえの年の天正十九年（一五九一）の師走《しわす》に、秀吉から島津家中へ朝鮮派兵の命が下り、一万五千人の軍勢が槍《やり》三百本、幟《のぼり》三百本、鉄砲千五百挺《ちょう》、弓千五百張、旗差物《はたさしもの》六百本、十カ月分の兵糧《ひょうろう》を軍船に積み、出陣していった。

家中城下士の大半が進発したあと、国分《こくぶ》鹿児島の留守を護《まも》る者は、領内の外城《とじょう》郷士の叛乱《はんらん》の噂《うわさ》がしきりと伝えられるなか、緊張を強《し》いられる日を送っていた。

城下にのこった若侍たちは、いつ朝鮮に出陣させられるかも知れないと、殺気立っている。どうせ長くは生きられない、合戦で死ぬ運命だとあきらめる思いが、彼らを狂暴な行動に駆りたてる。

重位はまえの年の師走に、島津家中の剛の者として知られた、根占《ねじめ》の地頭、肝付《きもつき》小平太を、上意により討ちとった。

謀叛《むほん》のたくらみありとしての上意討ちであったが、戦場で斬りおぼえの二刀を使い、家中に武名のとどろく肝付を、一太刀で左肩から腰骨まで斬りさげたことで、自顕流の名が知れわたった。

肝付を討ちとった重位が、上方《かみがた》兵法を使うというので、島津家中の武勇を誇る強豪が、あいついで試合を申しいれてきた。

彼らは木太刀、あるいは真剣、真槍《しんそう》をとり、立ちむかってくる。命を賭《と》しての勝負に、重位は決死の覚悟で立ちむかう。一人を倒すごとに剣名はあがってゆくが、自らもいつ死をむかえるかもしれない、厳しい弘流《ぐりゅう》の日がつづいていた。

篠原十内は、長谷場四郎次郎を、父のように敬愛して育った。お乗馬衆をつとめている四郎次郎は、沈着な人物であった。たえまない諸方の合戦に出陣して、血においに馴れた若侍たちのなかには、強者《つわもの》とみれば喧嘩《けんか》をふきかけ、刃傷沙汰《にんじょうざた》をおこしたがる乱暴者《ぼっけもん》も多い。

薩摩の乱暴者《ぼっけもん》は、生涯《しょうがい》に戦場で四、五百の首をあげた者が、さほどめずらしくはない。それが葉武者《はむしゃ》の首であれば出世もせず、薄禄《はくろく》でうちすてられ、一生を終る。

薩摩隼人《はやと》の間では人の命は薄紙一枚の値打ちといわれ、なにか事がおこれば命を捨ててかかり、勇を誇ろうとする気風がある。

だが、彼らも四郎次郎に喧嘩を売ることはなかった。四郎次郎の太刀技のすさまじいいきおいを知っているからであった。

四郎次郎は、幾度かの合戦で、首重《しゅじゅう》の栄を得ていた。首重とは、もっとも数多く首級をあげた者をいう。

ものごころついた時分から、四郎次郎に剣を習った十内は、天性の勘のはたらきが冴え上達が早い。甲突川の河原で乱暴者《ぼっけもん》の若侍二人に喧嘩を挑《いど》まれ、勝ったのは、彼の力倆《りきりょう》からみて当然のことであった。

十内は甲突川にちかい下鍛冶屋《かじや》町の住居で、母とよと二人暮らしであった。城下士として小姓組の薄禄《は》を食んでいるため、幼時から武芸の習得にはげんできた。

島津家中には、天文《てんぶん》八年（一五三九）に定められた、政道十カ条がある。そのなかに、次の条項がある。

「若き家中は、武芸、角力《すもう》、水練、山坂歩行、平日手足をならすべきこと。但《ただ》し、所領持ちならびに無息《むそく》(無田禄《むでんろく》)衆中は、その身相当の武道、武芸をこころがけ、これなき輩《やから》は、所帯没収のうえ、重科にさるべきこと」

平素農耕にたずさわる外城郷士は別として、所領扶持《ふち》によって生活する城下士は、武芸鍛練を怠れば厳罰を科せられるのである。

十内は四郎次郎のもとで頭角をあらわし、十三歳で同門の先達《せんだつ》どもが、すべて及ばないほどの腕前になっていた。

十内の体は柔軟で、打ちこみの伸びがよく、稽古をおこなえば、相手はいきおいに押され、たちまち切りたてられる。

進退がきわだっているので、十内が稽古場に立つと、同輩の気がひきたつ。木太刀を打ちあう試合は、怪我《けが》をするおそれがあるので禁じられていたが、十内が真剣をとれば、戦場で斬りおぼえの太刀を使う乱暴者《ぼっけもん》などは、相手になるまいと噂されていた。

十内の剣技の上達がはやいのは、当然であった。彼はくらがりに起き、庭でひとり稽古をおこなう。

立木、藁《わら》人形を相手の打ちこみも、風雨の日も休まず、傍目《はため》には狂ったかとみえるほどに、心魂をこめておこなってきた。彼が武道に熱中するのは、男らしく生きたいためであった。十内は美少年であるがゆえに、若侍からしばしば懸想《けそう》された。十歳の春、雨の日に手習いに出た戻り道、彼は行きあった二人の若侍に手籠《てご》めにされかけた。

十内は死力をつくして抵抗し、衣類も裂けやぶれ、半裸で逃げ帰ったが、顔を殴られ、唇《くちびる》を三カ所切った。傷口から歯があらわれるほどの怪我は、日を経るうちに治ったが、彼の心にうけた傷は、治ることはなかった。

「陸《くが》小姓の分際で、何事《ないごつ》か。父無《てな》し子が」

若侍たちの投げつけた言葉を、十内は忘れない。

ふたたび恥辱にあうならば、相手を斬り棄てるほどの剣の技を身につけておきたいと、彼はその日から、剣術稽古に没頭してきた。

甲突川の河原で若侍二人を斬ったのは、文禄元年の初夏であった。彼は水練稽古に河原へきていた。

附近には水練にはげむ兵児二才《へこにせ》の姿が、まばらにみえた。眼のくらむつよい陽《ひ》ざしが照りつける河原は、石が灼《や》け、あしうらが火傷《やけど》するかと思えるほど、熱い。

十内は水泳ぎに疲れると、河原にそびえる梯沽《でいこ》の大木の下へ、身を横たえた。みどり葉のあいだに、紅色の花があぶをあつめている。

手拭《てぬぐ》いを顔にかけ、眼をつむっていると人の気配がした。手拭いをとると、胸毛をそよがせた、逞《たく》ましい若侍が二人、十内を見おろしていた。

はねおきようとしたが、彼らはいきなり組みついてきた。笑いながら、濡《ぬ》れた手足をからませてくる。梯沽の木蔭《こかげ》で、十内を手籠めにしようというのである。

十内はうえにおおいかぶさる一人の股間《こかん》を膝《ひざ》で蹴《け》あげ、下半身を抱きすくめる一人の顎《あご》を、容赦なく蹴る。

二人がひるんだ隙《すき》に、身を転じ、木蔭の刀をつかんでいた。

「汝《わい》は、どうしてん、いう事《こつ》ば聞きゃらんか。ならば斬い棄つっど」

若侍たちは、刀を手に迫ってきた。

褌《ふんどし》ひとつの、砂にまみれた裸体で、三人が向いあった。

「汝《わ》や、先い抜け」

彼らは、十内に先に抜かせ、無礼のかどで斬りすてたことに、したいようであった。

「抜かんか、おい」

二人のうち、一人が刀を左手に持ち、抜き討ちの構えをみせた。

十内ははじめて真剣での斬りあいをする。胸の動悸《どうき》は破れるほど高鳴っていたが、眼は慎重に相手の動作を読んでいた。髭面《ひげづら》の若侍は、人を斬った経験を重ねているのであろう、おちつきはらっている。

くる、と思うと、照りわたっている河原の景色が、うすずみをかけたようにほのぐらくなり、相手の体だけが燐光《りんこう》を帯びているかのように、浮きあがってくる。蝉《せみ》しぐれの音も聞えなくなっているのに、相手の声だけがはっきりと耳にはいった。

「掛かってきいやい」

刀の鞘《さや》をにぎりしめ、鍔際《つばぎわ》を左腰骨のあたりにつけた、若侍の左腕が青筋をたて、力をこめているのであろう、こきざみにふるえている。

彼の朋輩《ほうばい》は刀を提げ、検分するかのように横手に立っている。水を浴びていた二《に》才衆《せ》が、河原にあがり見守っていた。

（泣こよか、ひっ飛べ）

恐怖に小便をもらしかけながら、十内は左手に持つ刀の柄《つか》へ右手をそえた。緊張して動かないであろうと思った手が、意外に軽くうごいた。

若侍は誘いにのった。

「ちぇーっ」

彼は右片手で刀をスッパ抜き、十内の右肩へ袈裟《けさ》がけに斬りあびせてきた。

十内はひと足うしろへ引いて切先をはずすなり、いきおいにのって、重ねて打ちこもうとふみこんできた若侍の胴を、砂上に左膝をつく低い姿勢から、片手斬りに斬りあげた。

味噌樽《みそだる》を棒で打つような音とともに、若侍の右脇腹《わきばら》にながい紅色の傷口がひらいた。肋骨《ろっこつ》がしろくつきでている。

若侍は刀をとりおとし、二、三歩よろめく。傷口から血と腸が噴きだしてきた。彼は言葉にならない叫びをあげ、ふしぎそうに十内をみたまま、体を半回転させ、砂上に倒れ伏した。

「おのれ、小冠者め。やいおったな」

斬られた侍の朋輩は、さすがに逃げなかった。彼は薩摩兵児《へこ》として、友の仇《かたき》を討つ義務がある。

二人めの敵は刀を抜きはらい、鞘を捨てるなり、車《しゃ》（脇構え）に構えた。十内は中段にとる。

「ちぇぇーい」

相手は絶叫とともに車の太刀をふりかぶり、頭上からうちおろしてきた。

十内は視界が正常に見えるようになっていた。彼は刀の棟《むね》で敵の刀をはねあげるなり、踏みこんで右袈裟を斬る。

敵はうしろへ飛びさがり、かろうじて刃《やいば》をのがれたが、よろめいて砂上に尻《しり》もちをつく。右肩から乳へかけ、浅く傷口がひらき、血が噴き出てきた。

残心をみせていた十内は、相手がかかってこないとみて、構えをくずした。彼も肩先をわずかに削《そ》がれていた。

気を抜いた刹那《せつな》、砂上に腰をおとしていた敵が躍りかかってきた。十内は踏みちがえて右首をはねた。血の棒が宙に飛び、敵はそのまま重心を失い転げた。

二人の乱暴者《ぼっけもん》を斬ってのち、十内の心の持ちようが変った。自分が腰にする刀に籠《こも》っている力を、意識するようになったのである。刀を持てば、いままではなかったまったくあたらしい能力が、わが身に与えられる。

体軀《たいく》の大小は、斬りあいの勝負になんの関係もない。刀をとれば、相手よりもはやく動き、打ちこみのはやい者が勝つ。ただそれだけの単純な法則しかない。

長谷場四郎次郎が、自顕流への入門をすすめたとき、十内はためらうことなく応じた。歴戦の長谷場が、不惑にちかい年頃《としごろ》になって流儀を変えるのは、よほどの理由があってのことだと察したからである。

体捨流は、島津家御流儀であった。東新九郎という遣い手が、藩主義弘《よしひろ》の嫡男《ちゃくなん》家久の師匠となっている。

十内の推測は的中した。自顕流は、これまでのどの流儀よりも徹底した、実戦本位の剣術であった。

自顕流のすべての太刀技の基本は、立木打ちにある。立木にむかい、四、五間はなれた場所から「チェーイ」という尾をひく甲声《かんごえ》もろともに打ちこみをくりかえす。

朝に三千回、夕に八千回の立木打ちは、気にゆるみがあれば命にかかわるほどの苦行であるが、千日のあいだそれをつづけることによって、敵をたちどころに一刀両断する太刀筋を身につけることになる。

重位は十内に教えた。

「当流では、手の脈が四回半搏動《はくどう》する間を分《ふん》と申す。分の八分の一が秒《びょう》。秒の十分の一が糸《し》、糸の十分の一が忽《こつ》。忽の十分の一が毫《ごう》、毫の十分の一が雲燿《うんよう》じゃ。太刀はこびのつづまるところは、雲燿となるのじゃ。また、敵にトンボの構えから打ちだすときは、脈が一回打つ間に、三間を三足で飛行いたす」

十内は、重位の教えを脳裡《のうり》に焼きつける。彼は自顕流門下では、四郎次郎と相弟子である。十内は半年の遅れをたちまちにちぢめ、四郎次郎と肩をならべるまでに上達した。

自顕流の稽古《けいこ》に用いる木刀は、一尺七寸小太刀、燕飛《えんび》木刀三尺四寸六分、早捨《はやしゃ》木刀四尺、振掛木刀五尺、長木刀《ながぼくと》七尺二寸の五種である。

これらの木刀を使い、立《りゅう》、満《まん》、行《ぎょう》、寸《すん》、剪《せん》、双《そう》、平《へい》、越《えつ》、安《あん》という打ち技組太刀の打ち出しを稽古する。ほかに、三つ太刀、小太刀、持掛け、振掛け、早捨、長木刀、浮、沈、高、下、早、静、遠、近などの奥儀の組太刀があり、このすべてを修得すると、太刀、長巻、薙刀《なぎなた》、槍などの武器に対応できる。

自顕流の組太刀の特徴は、攻め太刀があって防ぎ太刀がないことである。流儀の内容を知らない者はそれならば、攻め損じたときは敵に斬られるという懸念を持つが、相手の剣尖《けんせん》をおさえ、わたりこんでゆく技は、八十をこえる種類があり、敵を倒すまで攻撃を連続して反撃に転じさせない、巧緻《こうち》な内容であった。

十内は国分の重位の館《やかた》に泊りこみ、半月ほど打ち出しの指南をうけると、鹿児島にもどって教わった内容を、くりかえし自習する。

立木打ちは朝夕二刻《とき》(四時間)ずつ、たゆみなくおこなう。稽古をはじめた頃は過労のあまり、胸苦しさで夜も眠れなかったが、一年もつづけるうちに、体が馴《な》れてきた。

立木にむかい、ユスの棒をトンボに構えると、自然に足が前へ出てゆく。脈一動のうちに三間を飛行するように足をすべらす呼吸も身についた。

十内の体に贅肉《ぜいにく》はなく、胸、肩、腰、太股《ふともも》が、立木打ちをはじめるまえとは、別人のようにたくましくなった。

(これで俺《おい》も、男らしか死にかたが出来《でく》っじゃろか)

重位門下の俊足と噂されるようになる頃、十内の内部に、いかなる強敵とたちあっても無残な敗北は喫しないという自信が、根をすえていた。

十内の外見は女性のようであるが、精神は薩摩隼人の典型ともいうべきものであった。

合戦における薩摩隼人の強みは、隼《はやぶさ》のように迅速な脚力と、恐れず死にたちむかってゆく剽悍《ひょうかん》の気質である。

島津の軍勢は天正年間、大友義統《よしむね》、伊東義祐《よしすけ》、龍造寺《りゅうぞうじ》隆信《たかのぶ》ら九州の大名と戦って勝利を得たが、兵力は常に敵の五分の一以下であった。

島津勢は戦闘に際し、軍勢を三手にわけ、本隊が敵に攻められるとわざと退却する。いきおいにのって深入りしてきた敵勢を、二手の伏勢が横手から急襲する戦法をとる。少数で大軍に襲《おそ》いかかり、密集隊形で敵中を縦横に突破する戦術は、穿《うがち》抜《ぬき》戦と呼ばれ、敵に怖れられた。

このような戦法は、命を惜しまない薩摩隼人だけが、なしうるものであった。

徳川時代の初期に、朝鮮より通信使という使節団が、幕府を訪問したとき、接待役にむかいたずねた。

「日本には目付役がおらぬと聞き及びましたが、まことでしょうか」

接待役は即座に答えた。

「それは、薩摩のことでござる」

薩摩隼人には、縄目《なわめ》の恥をうけないという気質がある。

自分が過誤をしでかしたときは、目付役が捕縛にくるのを待たず、自裁するのである。

元禄十三年（一七〇〇）にあらわされた「人国記」には、薩摩隼人の気風をつぎのように記している。

「はなはだ剛強な性質であり、常に床のうえで死ぬのを遺憾とし、殺伐の場で死を遂げるのを本懐とし、父は子孫もこれを栄誉とする。子供たちは争闘に負けるのを恥辱とし、父は争いに負けた争いに負けた子に死をすすめる。まことに死を怖れないのは勇猛ではあるが、理非を勘弁しないのは遺憾である」

十内は激烈な士風に育てられ、いつのまにか心中に死への傾斜を醸成していた。

彼はいさぎよい死にかたをしたいために、剣術稽古に精だしているのであった。

十内が自顕流に入門してのち、五年がすぎた。十八歳となった彼は、流儀の蘊奥《うんおう》を悟り、雲燿《うんよう》の技に達するのもまもない達者となっていた。

五年のあいだに、島津家中における自顕流の立場は、大きく変っていた。上方兵法として白眼視されつつ、数多い挑戦者《ちようせんしや》をすべてしりぞけ、幾度かの上意討ちを果した重位は、十内が入門して三年めの文禄三年（一五九四）師走、開運の機会を得た。

藩主義弘の嫡男《ちやくなん》家久から、重位に体捨流師範東新九郎と立ちあえと、下命があったのである。

家久が試合を申しつけたのは、家中乱暴者《ぼっけもん》の総帥《そうすい》ともいうべき大山綱宗《つなむね》が、重位の道場へ試合に出向き、長谷場四郎次郎と立ちあい打ち伏せられ、意識を失う敗北を喫したためであった。

試合は城中小板屋でおこなわれたが、重位は見事な勝利を収めた。新九郎を寵《ちよう》愛《あい》していた家久は、容易に重位になじまずさまざまの試練を課した。

重位は屈することなく、自顕流の威力を家久に納得させ、半年後に家久の指南役となった。上方兵法とさげすまれた自顕流は、薩摩の地に確固とした地盤を築いたのである。

重位の道場には、家中錚々《そうそう》の士があらそって入門する。重位は弟子をえらぶとき、たとえ相手が門閥の出自《しゆつじ》であろうと、素行の定まらない者は峻拒《しゆんきよ》した。

十内は高弟筆頭の長谷場四郎次郎に遜色《そんしよく》ない技倆《ぎりよう》の持主となっていた。彼が打ち出しの形稽古をするとき、死生を念頭に置かない凄《すさ》まじい太刀はこびに、相手役をする者はふるえあがって太刀を引く。

十内が十六歳の頃より後は、彼の打ち出しの相手をつとめるのは、四郎次郎のほかにはいなかった。

二人が形稽古をはじめると、他の弟子はすべて座につき、道場は深山のように静まりかえった。

彼の演武は要所の極《き》めがあざやかで、水際立っているため、道場の士気をたかめ、弟子たちに活潑《かっぱつ》の気風をおこさせるものであった。

慶長元年（一五九六）の初夏、十七歳となった十内は城内の稽古に重位の名代《みょうだい》として出向いた。城内小板屋の稽古所には、家久はじめ門閥の子弟が揃《そろ》い、広大な板敷のうえで、稽古をおこなっていた。

十内は板敷のうえでの稽古は、体捨流を捨てて以来、ひさしぶりであった。重位の道場には床がなく、砂のうえでの素足の稽古であった。

家久は女性と見まがう白皙《はくせき》の美少年を見て、はじめは吉屋者《よしやもの》（柔弱者）とさげすんだようであったが、稽古をはじめてみて、十内の手のうちの冴《さ》えに、眼《め》をみはった。

「いかさま、重位が名代としてつかわすだけの者じゃ。これだけの人数が太刀を遣うなかに、鶏群の一鶴《いっかく》のごとく目立っておっど」

家久は少年の頃から戦場往来をかさね、朝鮮陣では薩軍の先頭に立って荒れまわった勇将であった。

「十内とやら、そのほう儂《わし》の打ち出しの相手をいたせ」

家久に手招きされて、十内は面目をほどこす。

立《りゅう》、満、行、寸、菼《せん》と、自顕流組太刀をかさねてゆくうち、家久は全身に汗を流した。真剣勝負とかわらない切迫した気魄《きはく》が、十内の太刀先から押し寄せてきて、家久は圧倒され、緊張のあまり冷汗がにじみでる。

十内の優美な顔立ちは、太刀をとって立ちむかってみると、般若《はんにゃ》のようなおそろしい形相に変っていた。

打ち出し稽古をひと通り終えた家久は、疲労のあまり上段の間へ腰をおろし、汗を拭《ふ》いた。彼は他の弟子に稽古をつけようとしている十内を呼んだ。

「そのほう、たいした腕じゃね。儂は位負けいたしたぞ。さすが重位は、よか弟子を持っておっ。こうしてみりゃ、よか二才《にせ》じゃが、打ち出しをすっときゃ、おそろしか面構えじゃ。あんときゃ、どげん気組みでおっか」

十内は答えた。

「親を殺《あや》めたる敵が親の首をかかげて見せ、取り返しに参れと申しまする。首の傍《そば》には石火矢《いしびや》十挺《ちょう》ほど、筒口をそろえ待ちかまえておりまする。そん敵に立ちむかう子の心持ちにて、ござりまする」

「いかさま、よき心掛けじゃ」

家久は機嫌《きげん》よく重ねて聞く。

「自顕流では、斬いあいの間合《まあい》のめどは、どげんつけておっとじゃ」

「それは、闇《やみ》の夜に敵を斬り、骨をまっしろく斬いだしたるが、眼前に手にとるように見える間合と、いたしておりまする」

家久は大笑してうなずく。

「重位の仕込みだけあって、そのほう顔に似あわぬ、気味わるきことを申す。せっかく城中へ参ったからには、そのほうの手のうちの冴えを見たいものじゃ。どうじゃ、儂の槍《やり》を留めてみっか」

「かしこまってござい申《も》す」

床に手をつき一礼して、十内は立った。

槍留めの技は自顕流の秘伝として、重位から伝えられている。伝授された通りに動けば、いかなる槍の攻めをも留められると聞いていたが、十内はまだ留めたことがない。

当時戦場で、大身《おおみ》の槍を留めるのは、不可能とされていた。槍留めの技はあるが、実際に使ってみて、どれほどの効果があるか疑問とみられている。

戦闘部隊の先陣に立つ足軽は槍留めに二刀を使ったが、大身の槍を相手では、はねとばされてしまう。槍留めの技を完璧《かんぺき》におこなうためには、よほどの兵法達者でなければならない。

家久は、二間柄《え》の稽古槍を手に、道場に下り立った。十内は太刀を右トンボにとる。

「ご免つかまつる」

十内はまっすぐ歩みでた。

はじめはゆるやかに進み、槍先五尺に近づいたとき、飛ぶような足どりになった。

「やあっ」

家久は中取りに持った槍先を十内の膝《ひざ》もとから突きあげる、下段刎《は》ね突きで攻めかかったが、勝負は瞬間にきまっていた。

木刀が槍の柄を打つ冴えた音がして、十内は右半身のまま剣尖で槍先を押えて家久の手もとに伝いこみ、左胸に太刀をつきつけていた。

「うむ、これは参った。いま一手、参ろうではないか」

家久は、槍をとりなおし、間合をひらいた。

彼はこんどは槍を茎長《くきなが》に持ち、霞《かすみ》上段にとった。十内はまえとかわらず右トンボである。たがいに踏みこみ、家久は十内の胸を突く。

長大な槍にくらべると、十内の太刀はみじかく貧弱で、一気に圧倒されるように見えたが、流星のように突きかける槍先を、十内の太刀先が吸いつくように軽く押えた。

たちまち十内は太刀で槍の柄をおさえつつ、家久の手もとへ入りこむ。しまったと槍を横なぐりに振ろうとしても、十内の飛ぶような攻め足に、家久の動作はついていけない。

「これは不覚じゃ、さきほどとかわらぬ段取りで敗《ま》けてしもうたがね」

家久は首を傾《かし》げた。

彼はさらに、十内と五度立ちあいをおこない、一度も勝てなかった。

家久はついにあきらめた。彼は十内に手痛い敗北を喫したが、機嫌を損じることなく、道場の壁際《かべぎわ》に居流れる家来たちを見渡して叫んだ。

「今日は忠真《ただざね》の家来どもが参っておっじゃろ。撰《え》りすぐった遣い手が来ておっはずじゃ。ちょうどよか、ここへ出て十内と立ちあってみよ」

道場の末座から、四人の侍が立ちあがり、家久に目礼した。

忠真とは、島津家の家老、伊集院幸侃《こうがん》の嫡子である。幸侃は都之城《みやこのじょう》周辺に八万三石《ごく》八斗五升の領地を有している。忠真の正室は、家久の妹於大《おだい》姫である。

幸侃は島津義久の謀将として、薩摩、大隅《おおすみ》、日向《ひゅうが》三州の統一に大功があった。天正十五年（一五八七）、秀吉が二十五万の大軍を率い、九州攻めをおこなったとき、義久は降参し、幸侃は人質として羽柴秀長《はしばひでなが》の陣におもむく。

幸侃は秀長を通じ、秀吉の信任を得た。幸侃を気にいった秀吉は、島津領のうち肝付《きもつき》一郡をわが朱印によって幸侃に与える。

島津家の家来でありながら、秀吉の直臣《じきしん》として肝付一万石を拝領した幸侃は、まもなく更に大きな幸運に恵まれる。

文禄四年（一五九五）、秀吉は島津領全域の検地をおこない、その結果幸侃の所領を八万石にひきあげた。

従前より八倍の大身《たいしん》となった幸侃の態度は微妙に変ってきた。八万石は義弘から与えられたものではないので、家老でありながら主君と対等の地位に立ったわけである。

京都伏見で幸侃が秀吉から拝領した屋敷は、隣地の義弘の屋敷より地面が高かった。

義弘父子は、いずれは幸侃父子の思いあがりをこらさねばならないと、考えていた。

家久は小板屋で十内と立ちあったあと、その日の稽古に、たまたま伊集院忠真の兵法指南役、吉田勘兵衛、愛甲孫左衛門の両人が、数人の弟子とともに加わっているのを思いだした。

彼らは所用で登城した忠真に従い、都之城からきた。忠真の居館のある都之城は、国分から十里とはなれていない要衝で、彼の率いる伊集院忠真衆は、鹿児島旗本衆、帖佐《ちようさ》衆、富限衆、北郷衆とともに、島津勢力を五分する強力な軍団である。

吉田、愛甲の両人は、朝鮮陣でも殊勲をたてた歴戦の武者で、体捨流の師範であった。家久は小板屋へ忠真を呼び、彼の面前で十内に吉田、愛甲を打ちこませてみたいと、考えたのである。

この日頃、思いあがっている忠真の、高慢の鼻をへし折ってやれば、溜飲《りゆういん》がさがる。

吉田、愛甲と彼らの弟子は、家久に呼ばれ御前に平伏した。

「そのほうども、ここな篠原十内と立ちあってみよ。よかじゃね」

「はっ、承《うけたまわ》ってござい申《も》す」

吉田、愛甲は体捨流の練達者であるだけに、十内の槍留めの技をみて、容易ならない相手と知り、顔に緊張の色を刷《は》いた。

忠真も呼ばれてほどなく小板屋にあらわれた。家久は上機嫌で忠真に話しかけた。

「今日はおもしろき見ものがあるゆえ、そなたを呼んだのじゃ。儂の兵法指南役東郷重位の名代《みようだい》が、稽古に参っておっ。いまだ若年者じゃが、腕は立つ。ひとつそなたの指南役両人と、立ちあわせてみようじゃなかか」

忠真は挑《いど》みかかるような目付きで応じた。

「よかごあんそ。近頃国分じゃ自顕流とか申す上方兵法が流行と、聞い申したが、伊集院の体捨流は手ごわかごわすぞ」

十内は思いがけない試合を申しつけられたが、心は波立たなかった。

家久、忠真の面前で試合をして、敗北を喫したときは、主君に恥をかかせることになる。敗者は薩摩隼人の面目をつぶされたうえは、腹を切らねばならない。

（俺《おい》は思う存分戦ってやっど。そんうえで敗けたときゃ仕様《しよ》んなか。死ねばよかんそ）

十内はすみやかに覚悟をきめた。

彼には情をかわしている女人《によにん》がいた。母の遠縁にあたる、糸屋の娘で照《てる》という。年齢は十五歳であった。

もはや照には逢《あ》えぬかも知れぬと、十内の胸に、流れ雲のかげのように憂《うれ》いがかすめたが、未練をふりきる。

吉田、愛甲の両人は、鉢巻《はちまき》、襷《たすき》がけ、袴《はかま》の股立《ももだ》ちをとる。十内は重位の教えに従い、ふだんのままのいでたちであった。紫地大広袖《おおひろそで》の上衣《うわぎ》が、十内の色白の襟《えり》あしを浮きあがらせた。

検分役が出て、試合を告げる。十内はまず吉田と立ちあう。二人は家久、忠真のまえに出て一礼したのち、むかいあうと後退して、五間の立ちあい間合をとる。

吉田は四尺の木太刀を高めの中段にとる。十内は右トンボの構えである。二人はしばらく呼吸をはかったのち、まっすぐに出た。

小板屋のうちは深山のようにしずまりかえった。静寂を、吉田の裂帛《れっぱく》の気合がやぶった。彼は十内が打ちこんでくるまえに、剣尖《けんせん》をはねあげ、十内の胸を突いた。

剣尖《しゃ》に軽い力がかかり、しまったと太刀を車にまわそうとしたとき、十内の太刀が吉田の太刀の棟《むね》をおさえ、手もとにすべりこんできた。

立ちあったはじめはゆるやかであった十内の動きが、急変して、はっと気づいたときは眼のまえいっぱいに般若の顔が迫っていた。飛び下ろうとした瞬間、彼は左肩から右乳上へかけ、火のような衝撃をうけた。

十内の太刀が袈裟《けさ》がけに吉田の胸へ打ちこみ、肌《はだ》を裂いて血しぶきを飛ばせた。吉田の白麻の上衣に真紅のしみがひろがり、彼は打撃にたえかね、板敷に膝をついた。肋骨《ろっこつ》を幾本か打ち折られたのである。

十内は鬢《びん》の毛をわずかに乱したのみで、太刀を右トンボにとり、あとじさって吉田をみつめていた。

「よし、これまでの勝負と存じ申《も》す」

検分役の言葉を聞いたのち、彼はしずかに太刀をおろす。

吉田は一撃された痛手に、立てなかった。三十路《みそじ》を過ぎた彼は、年少の十内に遅れをとり、恥辱の苦渋に顔をくまどってひきさがる。

吉田につづいて立った愛甲孫左衛門は、血相を変えていた。何としても十内に勝たねば、彼の前途には恥辱と死が待ちうけているのみだ。

愛甲は顔のまえにまっすぐに太刀を立てる無二剣の構えをとったが、思いなおしたように、車の構えになった。

十内の太刀が、振りだすなりこちらの剣尖をおさえ、そのまま迅速に渡りこんでくるとみて、剣尖をわが身のうしろになびかせる、捨身の構えをとったのである。

十内は右トンボである。

「掛かっ給《たも》れ」

検分役の声を聞くなり、十内はゆっくりとまえに出る。

愛甲も一歩ずつふみしめるように、間《ま》を詰めてくる。彼は十内にさきに掛からせようとした。十内のゆるやかに動いていた右足が、獲物をみつけた蛇頭のように、急速に自分にむかって滑ってくるのを、眼のはしに留めた愛甲は、夢中で右下からななめ左上方、十内の脇腹《わきばら》を狙《ねら》う逆袈裟の太刀を切りあげる。

だが、彼の太刀先は空《くう》をきっていた。十内の動作が早すぎたのである。愛甲は左肩に電撃が走るのを感じつつ、おおきく踏みこみ十内と体をいれかわらせ立ち直ろうとしたが、左手がきかなかった。

二、三歩たたらを踏み、立ちどまった愛甲は、顔から血のひく思いをおさえられない。左手の指がまったく動かず、腕が棒のように垂れさがったままである。

無理に動かそうとすると、刃物でえぐられるような激痛が、煮え湯の沸くように左肩にあふれ、全身にひろがった。

肩を砕かれた愛甲は痛みにふるえつつ、ひきさがった。

家久は喜色をかくさず、忠真にいう。

「なんと、そなたが家来の体捨流は、まっこて体を捨つっとじゃ。体で太刀を受けとめっが上手じゃな」

忠真は言葉もなく、こめかみに青筋をたて苦りきっていた。

十内は家久から当座の引出物として、小脇差を頂戴《ちょうだい》し、面目をほどこしてひきさがった。

重位はその日の様子を十内から聞くと、眉根《まゆね》をくもらせていった。

「若御前《わかごぜ》も、人騒がせな事《こつ》をなされたものじゃ。あたら二人の侍が落命し、お前《はん》も仇《かたき》と狙わるっこつになっじゃろ」

十内が試合で打ち伏せた相手は、外城士である。

城下士と外城士のあいだには、おなじ家中でありながら、抜きがたい敵視の感情がある。ことに相手が伊集院衆であれば、吉田と愛甲を打ち負かした十内を、仇《きゅう》敵《てき》とつけ狙ってきても、当然である。

（狙われてん、仕様《しょ》んなか。家久公のお指図に従うての試合に、遺恨を含まるっ筋あいはない。掛かっくりゃ、斬いまくって死ぬまでんこつじゃ）

十内は覚悟をきめ、とりわけ身辺を警戒しなかった。

だが、重位の懸念《けねん》をよそに、時日は何事もなく過ぎた。

慶長三年（一五九八）春、十内は十九歳で自顕流の奥儀、雲燿の技をきわめた。

重位は十内の当流皆伝を祝い、「汀江放船《ていこうほうせん》」の口伝《くでん》を授けた。

「汀江放船」とは禅語である。船を湊《みなと》にいれ、碇《いかり》をおろしたときに、櫓櫂《ろかい》をいかほど使い、水夫《かこ》がはたらいても船はうごかぬ。また、船が沖へ出たときに櫓櫂を使わねば、悪《あ》しき結果となる。即《すなわ》ち時に応じた働きが肝要であるとの教えである。

城中小板屋での、伊集院忠真の家臣との試合があった日から、いつか二年の歳月が経《た》っていた。

慶長二年（一五九七）に、いったん休戦となっていた朝鮮陣がふたたびはじまり、城下士の大半は家久に従い出陣している。伊集院衆も、六千余人が出兵していた。

慶長三年の梅雨《つゆ》がはじまって間もない一日、十内は鹿児島岩崎口の、照の家に泊った。十七歳の頃から深い仲になっている照を、十内は嫁に迎えたかったが、母親が拒んだ。母はしかるべき士分の家から、嫁をとりたがっていた。

鹿児島の梅雨はむし暑い。十内は照とともに浅い眠りの夜をすごす。翌朝空がしらむまえに、照に送られ家を出た。

道の両側に山肌が迫り、雨に濡《ぬ》れた緑葉がかさなりあう下を、十内は紫大広袖に半袴をつけ、塗り笠《がさ》に雨を避け、高下駄《たかげた》で泥道《どろみち》を踏み、帰ってゆく。照が道のうえに立ち、いつまでも見送った。坂道を下り、道の両側に草原がひらけたところへさしかかったとき、十内は突然殺気を感じ、下駄をぬぐ。

草原から雨に濡れそぼった侍が一人、立ちあがった。

「お前《は》んは、篠原十内じゃな」

十内は笠の顎紐《あごひも》をはずしつつ答える。

「いかにも、俺《おい》は篠原じゃ。何事《ないごつ》な、お前《は》んは何者じゃ、名を名乗れ」

向鉢巻、袴の股立ちをとった侍は、答えた。

「俺は吉田勘兵衛の縁者でごわす。今日はお前《は》んの首をもらいうけ、勘兵衛の墓前に捧《ささ》げ、回向《えこう》をいたさんがため、来たとじゃ」

侍がいうなり、草原におびただしい人影が立った。三十人ちかい人数だと、十内はみた。

「よか、首を与えやっど。しかし、お前《は》んらも道連れじゃ、掛かってこい」

敵のなかには、弓を持つ者もいた。動かずにおればやられると、十内は太刀を右トンボにふりかぶるなり、敵中へ斬りこんだ。

必死の十内は、恐怖を忘れていた。飛行とたとえられる、迅速な足どりで突進するなり、右袈裟、左袈裟の単純な技のくりかえしで敵を斬り倒し、蹴倒《けたお》す。

敵の群れは、十内には林立する立木に見えた。こまかい技をくりだす暇はない。朝に三千回、夕に八千回の立木打ちで鍛えた打ちこみの動作が、きれめもなく湧《わ》き出る。

敵は体を叩《たた》きつけてくる十内の気勢に立ちおくれた。つむじ風のように駆け抜け、駆け戻ってくる十内に圧倒され、浮き足立つ。

多勢で取りかこんでいるのに、十内の背後を突くことさえできない。十内の剛刀に斬りたてられると、相手の手から刀がはね飛ばされる。

手首、指、耳朶《じだ》、鬢《びん》の肉が削《そ》がれて散乱する。猛虎《もうこ》のように荒れくるう十内は、みるまに敵の半数を倒した。

弓をたずさえた敵も、大呼して迫る十内をみるとうろたえ逃げうせる。気がつくと、十内の周囲には誰もいなかった。

十内は血刀を杖《つえ》に、荒い息をつき、辺りを睨《ね》めまわす。彼も身に大小の傷を負っていたが、歩けないことはない。

照の家へ戻ろうと、歩みかけたとき、背後の草原から一人の敵が躍り出て、小薙《こなぎ》刀《なた》をふるって十内の背を深く斬りつけた。

十内はふりかえり、薙刀を払いのけた。敵は薙刀を投げだし、後をも見ずに逃げうせる。

「おのれ逃げたな。者ども寄れ、寄れ」

大喝《だいかつ》する十内の声は、雷鳴のように岩崎谷にひびき渡った。

十内の背から、滝のように血が流れおちる。彼はよろめき、かたわらの岩にもたれかかった。

「おのれ、逃げたか。すっぽけ者《もん》が」

紫の大広袖が血を吸い、重く垂れさがる。

十内は岩にもたれたまま、幾度か眼《め》をみひらき、辺りをながめる。彼の視界はもはや薄墨の色に塗りつぶされていた。

十内の死は、「十内の立ち往生」として、家中にながくいいつたえられることになった。重位は十内を悼《いた》み、「松柏《しょうはく》折る」と手控《てびか》えに書き残した。

身《み》の位《くらい》

今年(昭和六十三年)の四月であったか、私は名古屋市の白林寺《はくりんじ》という臨済宗《りんざいしゅう》寺院で、新陰流《しんかげりゅう》第二十一世の柳生《やぎゅう》延春先生にお目にかかった。

白林寺は尾張《おわり》柳生家菩提所《ぼだいしょ》で、犬山城主であった成瀬家の菩提所でもある。

私は本堂で柳生氏の剣談をおうかがいしたのち、あつかましくも新陰流秘玄とされている無刀取りの、手ほどきをお願いした。

地元のテレビ局がその様子を撮影した。本堂の屋根から、前日に降った大雪が融《と》けて地に落ちる音を聞きつつ、清爽《せいそう》の一時をすごしたのであった。

その際、私は柳生氏から、新陰流第五世柳生兵庫平厳包《たいらのとしかね》が用いたふくろ竹刀《しない》と、枇杷《びわ》木太刀をお見せいただいた。

厳包は晩年、尾張家光友公から隠居を許されてのち、剃髪《ていはつ》して浦連也《れんや》と号した人物である。

剣豪として、連也の名はひろく世に知られた。私はひきはだ皮の袋に包まれた、八つ割り竹の竹刀を手にとってみる。さほどいたんではおらず、ひきはだの袋などは現代のものよりも、丈夫そうである。全体に頑丈《がんじょう》なこしらえで、太目であった。

竹刀の手許《てもと》にちかいひきはだの部分に、墨で柳生笠《がさ》の紋所が、図案のようにあざやかに描かれていた。

「これは、どなたが描《か》かれたのですか」

「連也ですよ。彼は手先が器用で、柳生拵《こしら》えという装刀法を工夫したり、柳生鍔《つば》をのこしたりしたほどですからね。こうしたものを描くのも上手だったんですね」

連也が七十歳で世を去ったのは、元禄《げんろく》七年（一六九四）であるから、三百年以上は経ているはずであるのに、手描きの紋はまあたらしく見える。

「この木太刀も、連也がつかったものです」

私は手にとって、振ってみた。

濃い黄の肌色《はだいろ》がつややかに乗った枇杷木太刀は、意外なほど細身で、花車《きやしや》であった。

「これはかなり使いこんでいますからね。反《そ》りがきつくなっているでしょう」

柳生氏がおっしゃる通り、木太刀のものうちどころには、打ちあった凹《くぼ》みがいちめんにのこり、かなり反っている。
「枇杷の材質は丈夫ですが、ながく打ちあっていると、やはり粘りがあるだけに曲ってくるのですね」

私は不世出の名人といわれた連也の木太刀を持てるのは、ありがたいと思いつつ、幾度も振ってみる。
「こちらの小太刀ですがね。これは連也が将軍家光の御前で、柳生宗冬と立ちあったときに使ったものです」
「では、宗冬の右手親指を打ち砕いた、血痕《けっこん》が残っているのは、これですか」
「そうですよ、ここについているのが血の痕《あと》です」

私は全長二尺の小太刀を手にとって見た。

蛤《はまぐり》刃《ば》の切先から二寸五分ほど下のものうちどころに、小指の爪《つめ》ほどの打ちこみによる凹みがある。

血痕は、ものうちどころから手もとにかけて、薄墨のように点々とのこっていた。切先の棟《むね》にも、粟粒《あわつぶ》ほどの血痕がある。

テレビ録画のときは、そうした説明をお聞きしただけであったが、後日、柳生氏から連也と宗冬の御前試合について、興味深い打ちあけ話をお伺いした。

三代将軍家光の面前で、二人が試合をおこなったのは、慶安四年（一六五一）四月五日であったと伝えられている。

このとき両人が真剣をとって戦ったと、小説に書かれることもあるが、それは事実ではない。

宗冬は三尺三寸定寸《じょうすん》の枇杷木太刀、当時兵助厳知《としとも》と名乗っていた連也が用いたのは、二尺のおなじく枇杷木太刀であった。

当時家光は病んでおり、気をひきたてるために、幼時から熱心に学んだ兵法《ひょうほう》の術技を見たいと、思いたった。

まず二月二十一日、家光は江戸柳生但馬守宗矩《たじまのかみむねのり》の三男又十郎宗冬を召し、兵法上覧を下命した。

宗冬は自分のほかに十六人の兵法者をあつめ、二十四日に家光の面前で、剣槍《けんそう》の技を上覧に供した。

三月二日、宗冬はふたたび新陰流剣法を、山本加兵衛久茂の槍法とともに家光に披露《ひろう》する。

家光はさらに三月十八日に至って、尾州藩の柳生茂左衛門、兵助（連也）を封地《ほうち》より召し寄せよと側近に命じた。

尾州藩国老、成瀬隼人正《はやとのしょう》にあてた召喚の書状は、つぎの通りである。

「おなぐさみのため、柳生伊予《いよ》、子供の兵法上覧なされたく候《そうろう》むね、仰《おお》せいだされ候間《あいだ》、当地へ差し越し候ように、あい達せらるべく候。この由《よし》、演達あるべく候。恐々謹言。

三月十八日

阿部対馬守《つしまのかみ》康次　花押《かおう》

松平伊豆守信綱《いずのかみのぶつな》　花押

成瀬隼人正殿」

宗冬の父宗矩は、正保《しょうほう》三年（一六四六）春に世を去っていた。茂左衛門、連也の父伊予守兵庫助利厳《としとし》は、慶安三年一月に寿終《じゅじゅう》した。

家光が尾張柳生家の二人を呼び、その兵法を見たいといったのは、兵庫助の兵法が天下無双であるとの評判を、聞いていたためであろう。

新陰流は流祖の上泉伊勢守《かみいずみいせのかみ》から二世柳生石舟斎、三世兵庫助如雲斎と、道統を伝えてきている。

石舟斎の五男但馬守宗矩は、将軍秀忠、家光の兵法指南役となったが、新陰流宗家ではなく、また嫡流《ちゃくりゅう》でもない。

宗矩は長兄新次郎厳勝とともに、父石舟斎から印可相伝《いんかそうでん》を受けたが、それは石舟斎の道統二代を継ぐもので、新陰流道統の一子相伝を受けたのは、厳勝の嫡男兵庫助である。

尾州侯徳川義直《よしなお》の兵法指南役となった兵庫助は、尾張柳生、宗矩は江戸柳生の始祖となったわけである。

宗矩、兵庫助がすでに世を去っていた慶安四年に、宗冬と連也が家光の面前で立ちあったことは、新陰流正伝、別伝の真価を世に問う結果となり、ふしぎな因縁を感じさせる。

兵庫助は生前、宗矩と疎遠《そえん》であった。その理由は、宗矩が大和《やまと》柳生の惣領《そうりょう》分の所領を兵庫助に渡さなかったこと。兵庫助の妹の婚姻につき、さしでた干渉をしたことなどがあげられるが、理由はほかにもあったようだ。

兵法の実力において、江戸柳生は尾張柳生に遠く及ばなかったのに、宗矩が世間には宗家のようにふるまっていたのが、兵庫助の不快を買っていたのではあるまいか。

新陰流の頭に柳生をつける俗称が江戸にひろまったのも、宗矩の声威が高かったためであろうが、江戸柳生の実力が尾張柳生に劣る理由ははっきりと存在していた。

柳生氏は、私に教えて下さった。

「家光の面前で、連也が宗冬とおこなったのは、試合ではなく、間切り稽古《ひぎげいこ》だったんです」

間切り稽古とは、実戦とおなじはやさでおこなう組太刀稽古である。

「もっとも二人がつかったのは、小転《こまろばし》の技でしたから、内容は試合といってもいいでしょう。小転は相手の打ちこみに応じ、いろいろ応用技をつかいわけますからね」

「では、その間切り稽古は、家光に命じられておこなったのですか」

「それが違うんですね。はじめは茂左衛門、連也の兄弟が、つかったんです」

尾張柳生家に残っている連也自筆の覚え書きには、上覧稽古につきつぎのように記されている。

四月五日

一、燕飛《えんぴ》（六箇の太刀）。一、三学《さんがく》（五箇の太刀）一、九箇《くか》（九箇の太刀）

一、小太刀（三番）一、無刀（三位）一、小太刀（四番）一、小太刀（五番）

燕飛、三学、九箇は古来相伝の太刀で、家光も宗矩から習っている。

無刀も無刀勢《むとうせい》、手刀勢《しゅとうせい》、無手勢《むしゅせい》の三位で、家光は知っている。

小太刀の技を見た家光は、まず古来の本伝小転の三太刀をつかった茂左衛門、連也の動きに、尾張柳生も別段江戸柳生とかわりはないと思った。

家光は本伝小転の三太刀をも修めている。

だが、つづいておこなわれた小太刀の間切り稽古を見て、おどろいた。

兄弟は組太刀を「砕き」によってつかった。「砕き」とは、たがいの申しあわせによって古来の本伝を変化応用してつかうことである。

申しあわせできめるのは、打太刀、使太刀《しだち》の構えの、上、中、下段位のほか、仕懸けの前後、打崩し、変化するときなどのみである。

そのため、組太刀稽古とはいっても、実質は試合に近い。

兄弟の小転の技は、家光がはじめて眼《め》にするものであった。

当時の柳生宗矩流と、正伝新陰流に長年月の工夫をくわえた柳生利厳流は、身《み》の位《くらい》においてまったく違った。

宗矩が宗冬に伝えた剣法は、石舟斎から伝えられたままに、わが工夫を加えていないものであった。

従って、太刀構えは沈《ちん》なる身の位であった。

沈なる身の位とは、戦場における甲冑《かっちゅう》武者剣術の構えであり、柳生兵庫助がそれを改良するまでは、兵法諸流派はすべてその形を採っていた。

甲冑武者は、冑《かぶと》を被《かぶ》っているため頭が重く、肩と腰に甲《よろい》の重量がかかるので、太刀を振るとき体の平均をとりにくい。

そのため、両足を前後に大きくふみひらき、両膝《りょうひざ》を曲げて体勢を低くする。沈なる身の位が生れた。

前に出した足ばかりでなく、後ろにした足にも平均して体重をかける、重心の低い姿勢からは、前後左右に敏捷《びんしょう》に動ける。

だが、世情が変遷《へんせん》し、甲冑を用いない素肌剣法に移行してくると、兵庫助は沈なる身の位より、はるかに有利な「直立《つった》ったる身の位」を工夫した。

兵庫助の工夫は、現代剣道の遠祖というにふさわしい、画期的なものである。

彼は、上泉《こういずみ》伊勢守の工夫にはなかったものとして、上段雷刀《らいとう》をも編みだしている。

兵庫助の上段雷刀は、現代の上段の構えとおなじである。どこに落ちるか知れないという意味で、雷刀と名付けた真向《まっこう》上段の位は、古流諸派にはなかったものである。

古法では、上段とは、剣尖《けんせん》を相手の喉《のど》、顔、頭につける構えであった。

柳生石舟斎は、永禄六年（一五六三）、はじめて南都宝蔵院で上泉伊勢守と立ちあったとき、新当流の青眼《せいがん》中段の構えで対し、伊勢守の剣尖がふつうの上段よりも法外に高いのにおどろかされた。

伊勢守の構えは、自分の両拳《りょうこぶし》を乳の高さまであげた、「向上」という上段位であった。

兵庫助は、向上よりもはるかに高く、頭上にふりかぶる上段雷刀を工夫し、その技は直立ったる身の位とあいまって、立ちあいに威力を発揮した。

沈なる身の位を、直立ったる身の位に、向上の太刀を上段雷刀に変えるのは、いまから考えればさほどの大事ではないようにも思えるが、当時の兵法としては、驚嘆すべき大革新であった。

そうすることによって、打ちこみの延びがまったく違ってくるからである。

家光は、まっすぐに立った茂左衛門、連也の身の位におどろかされた。

（あのような身勢《しんせい》では、身の護《まも》りがらあきではないか）

ながらく沈なる身の位に慣れてきた身には、直立して敵にむかうのが、眼のくらむほどにおそろしい。

上段雷刀もおなじことであった。身を離るる構えといっても限度があると、家光は思う。

彼ははじめて眼にする兄弟の新奇な身勢に興味をもち、膝をのりだす。

家光は夢中で彼らの砕きの演武を見終えた。兄弟の風を切って舞うように進退する、おおらかな太刀技の迫力は、彼が従来見なれた小転とは、まったくちがうものであった。

翌六日、家光は茂左衛門たちにかさねて無刀、小太刀の技を所望した。

この日の無刀は本伝に即さず、形試合であった。

また、小太刀の砕きをも、八本を演武する。

家光は感嘆して両人を座所へ招き、褒詞《ほうし》とともに時服ひとかさね、銀十枚ずつを与えた。

このとき、上覧兵法を、家光の側《そば》で見ていた宗冬が、いわでもがなの批判を洩《も》らした。

柳生氏は秘められた事実を教えて下さった。

「宗冬は数え年三十九歳で、宗矩のあとを継ぎ、将軍家指南役になるべき人です。それで、なにか一言批判したかったのですね。茂左衛門と連也の太刀打ちが遅い、というようなことをいったのです。それで、家光が宗冬に茂左衛門、連也のいずれかと、小転の砕きをつこうてみよと、命じたわけです」

茂左衛門は数え年三十二歳、温厚な長者の風格ある人物であった。

彼は兵法の資質において、五歳年下の弟連也が自分よりもすぐれていると認めていたため、ためらいなく宗冬に彼を立ちあわせることとした。

「宗冬は、砕きをおこなうまえから、連也に打たれることは決っていたのです。身の位が違うので、太刀をつかえばどうしても宗冬のほうが遅れてしまうのですね」

組太刀稽古のとき、相手の動きに遅れたほうがどうなるかは、私も柳生氏が門人の方々を相手に太刀をつかわれるのを拝見して、知っている。

宗冬と連也はその場で立ちあった。

宗冬は打太刀をひきうけ、枇杷蛤刃三尺三寸の定寸太刀を持ち、連也は二尺の小太刀をとる。

五間の立ちあい間合《まあい》をへだて、むかいあうと、宗冬は双手《もろて》にとった太刀を中段に位《くらい》させる。

連也は小太刀を右脇前《わきまえ》に右片手で提げ、剣尖を左方へななめにむけていた。砕きの立ちあいであるため、仕懸けそこなえば、相手に打たれる。

座にいる侍たちの面上に、緊張の色が流れた。

連也は太刀を提げたまま、袴《はかま》の裾《すそ》をかろやかにさばき、常の足どりで前に出てゆく。

仕懸けてゆくときの、かすかなためらい、用心のかげもない仕懸けの歩みは、鳶《とび》が羽根をつかうように自然におこないつつ、内に力のこもっているのが最上とされる。

双方は瞬間に、一歩踏みだして打てば互いに打ちこめる、一足一刀の間境《まさかい》に達した。

宗冬は、宗矩から間積りについては教えこまれ、会得《えとく》したつもりでいたが、連也の直立ったる身の位からの歩みは、ゆるやかに見えて迅速であった。

宗冬は、立ちあい間合をひらきむかいあったときから、相手の狙《ねら》いを読みとる捧《ほう》心《しん》の目付《めつけ》（相手が太刀に捧《ささ》げた心を読む、観の目付）を懸命にはたらかせていた。

しかし、連也の動きは読めず、瞬間に眼前に大山の圧してくるような姿があった。

宗冬は全身に水を浴びせかけられるような剣気を感じた。

（これはたまらぬ。いまにもやられるぞ）

わが身の守備ががらあきになったような気がした宗冬は、ほとんど無意識のうちに双手中段の太刀を右片手太刀にとり、払い打ちに打ちかかった。

連也は打ちこむ宗冬の太刀（月）を、前に踏みだしたわが右足の甲（水）に写しとり、水月の間境をわずかに踏み越し、間のうちに入った瞬間に、勝機をつかむ。

彼は宗冬の打ちかかってくる太刀の拍子《ひょうし》、斬《き》りあいの心持ち（戦法）をわが胸の明鏡に写しだし、見抜いていた。

宗冬は片手払い打ちに、太刀先三寸で連也の左頸《くび》のつけねから右肋骨《ろっこつ》のはずれまで、左ななめ下に斜太刀《はすだち》に打ち下げた。

連也はそのはたらきにつれ、拍子にしたがって、わが人中路《じんちゆうろ》（敵に正対するわが体の中心線）に沿い、上段位頭上から下段位「帯《おび》仕《し》通《とお》り」の下まで、拝み打ちに一拍子の合撃《がっしうち》に、宗冬が太刀を持つ右手の握り拳《こぶし》を打ち、太刀を彼の足もとへ打ちおとした。

小太刀の太刀先で相手の拳と太刀のうえに乗って勝つ、小転極意の技は見事にきまった。

合撃とは、新陰流独得の時間差攻撃である。

相手が打ちこんでこようと、動きをおこした直後に、あわせて打つのである。相手は、わが技の尽きたところを打たれると分っておりながらも、すでにはじめている動作を中途でとめられず、なすすべもなく敗北することになる。

宗冬の太刀先は、連也の上着の胸を左から右斜め下方へ、かすめて打ちおとされた。

達也は文字通りわが肋《あばら》を斬らせて敵を倒す、「肋一寸」の秘玄をつかってみせたのである。

宗冬の太刀を打ちおとした連也は、いきおいをすこしもゆるめず右足を踏みこみ、小太刀の先で宗冬の右拳と太刀を制しつつ、「位詰《くらいづ》め」に小太刀の太刀先を宗冬の臍下《せいか》、人中路の正位に擬した。

宗冬が動けば、そのままみぞおちを一刺する体勢である。

宗冬は、わが敗北を認めざるをえず、ひきさがる。連也はしばらく残心の形を崩さずにいて、もとの座にもどった。

連也は家光に拝礼ののち後ろむきになり、小太刀の切先から鍔《つば》もとにかけての血の穢《けが》れを懐紙で拭《ふ》きとった。

宗冬の右親指のつけねは砕け、血を噴いていた。

病臥《びょうが》のあいまではあるが、長時刻の兵法上覧のあいだ、息を呑《の》んで見ていた家光は、立ちあいの済んだのち、長大息して座を立ったといわれる。

連也の小太刀は、代々尾張柳生家に伝えられ、年一回の虫干しのほかは、家伝の刀剣類とともに刀簞笥《かたなだんす》に納められ、秘蔵されてきたのである。

家光は兵法上覧より十四日後の四月二十日に齢《よわい》四十八歳で薨去《こうきょ》した。

尾張柳生の祖、柳生兵庫助が、直立《つった》ったる身の位をとりいれたのが、日本剣道史のうえで、いかに重要な変革であったかという事実が、従来は見過されてきた。

体を低くかがめ、腰を落す沈なる身の構えを捨てないかぎり、正統新陰流に対抗できる流派は出現しなかった。

兵庫助が門人たちに教えた、兵法において禁戒すべきことのうちに、「腰の折れかがまること」というのがある。

「腰の折れ、またすわるのをきらうなり、折れてすわるはなお悪《あ》しきなり」

という道歌を兵庫助は教える。

上体が前へ出すぎ、折れ屈《かが》んで足が居つくようになると、太刀は手前切りになる。

また「膝のかがまること」という禁戒がある。

「懸け退《の》きに膝のすわるに二つあり、つかれ足をばわけていましむ」

この道歌では、膝がかがまるのは、居つく足と疲れ足によっておこるとされる。

居つくとは、体重が前にかかりすぎ、動きのとれない状態をいう。

疲れ足とは、疲れきったときのように、踏んばりのきかない足のことである。

兵庫助は、直立ったる身の位について、つぎのように道歌で説く。

「直立った身とは自由のすがたにて、位というになお心あり」

「位とは行住座臥に動静に、直立つものぞ位なりけり」

連也は兵庫助の直立ったる身の位の威力を、体現した天才であった。

彼は兵法を家光の上覧に供する一年前、慶安三年五月二十三日、家中上下を驚嘆させる手のうちの冴《さ》えを見せている。

その日に、江戸において五十一歳で薨じた藩主義直の遺骸《いがい》が、尾州東春日井《かすがい》郡《ごおり》相応寺に到着した。

葬儀に先立ち、近臣数人が殉死することになり、連也の高弟である家老の寺尾土佐守直政《なおまさ》も、切腹した。

連也は土佐守のために介錯人《かいしやくにん》となり、脇差を用いて片手打ちにした。首級は前皮一寸を残し切り留まり、落ちなかった。

脇差片手打ちの介錯は、前代未聞《みもん》であったため、藩中その妙技を嘆賞しない者はなかったといわれる。

私は現代における武道の重鎮といわれる方々にお目にかかり、いつも感心するのは、生涯《しようがい》稽古をやめないという事実である。

古来の剣客《けんかく》、兵法者は、死の前日まで一日も欠かさず稽古鍛練をつづけ、工夫をかさねてきたのである。

一日稽古をしないでいると、技倆《ぎりよう》が退化するものだと、武道の泰斗《たいと》の方々から教えられるとき、私は道のきびしさに身のひきしまる思いがする。

合気柔術の無双の神技の持主として、武道界に知られている佐川幸義師範は、八十六歳であるが、稽古、工夫は一日も欠かされない。

何かの用件で一日の稽古を休めば、翌日は二日分の鍛練をされる。

「武道の境地というものは、稽古のつみかさねによって、変ってゆくものだよ。だから、三十歳や四十歳で一人前になることはない」

兵庫助、連也父子の兵法の世界も、たゆまぬ鍛練によって、あらたな視野をひらいていったのであろう。

（参考文献／柳生厳長著『正伝新陰流』）

肩の砕き

千葉周作は若い時分には、若狭小浜《わかさおばま》藩の剣術師範、小野派一刀流浅利又七郎の門に学んだ。そこで頭角をあらわし、二十三歳で免許皆伝となった。

浅利は周作の大器を見抜いて、さらに自分の師家である一刀流中西道場への遊学をすすめた。

中西道場は当時江戸随一の町道場といわれていた。間口六間奥行き十間の豪壮な道場は、大勢の弟子たちで埋まり、毎日押しあわんばかりの盛況をみせていた。

道場主中西忠兵衛子正《ちゅうべえしせい》のもとには、中西道場の三羽烏《さんばがらす》といわれる三人の剣客がいた。高崎藩士で天真一刀流をひらいた組太刀の名人、寺田五右衛門《ごえもん》と、試合では無敵を誇る白井亨《とおる》、高柳又四郎である。

浅利又七郎は、周作を中西道場で学ばせたのち、養子にして道場を継がせるつもりでいた。浅利道場も門人が四、五百人はいるが、中西道場とは桁《けた》がちがう。

又七郎は周作を中西道場へ学ばせるとき、あらかじめいい聞かせた。

「中西道場には音に聞えた三羽烏がいる。組太刀の寺田は別格だが、白井、高柳のうちどちらかに、十本勝負であれば三本、三本勝負であれば一本をとれるようになったなら、お前も天下第一流の遣い手だ。そのつもりで稽古《けいこ》に精をだすことだ」

又七郎は周作に心構えをいい聞かせたつもりであったが、自負心のつよい周作は心中にひそかに憤《いきどお》りを覚えたという。

周作は、江戸で名人の名をとっている浅利又七郎に免許皆伝をうけている。白井、高柳の二人がいかに巧者でも、たやすく打ちこまれはしないという自負があった。

だが、中西道場に入門してみて、自分が二人に遠く及ばないことを、身にしみて知らされた。

周作は二人に自信を粉砕された。完璧《かんぺき》と思っていた得意技が、まったく通じることなく、いかに注意をはらっていても、自由自在に打ちこまれてみれば、いままで自分が重ねてきた鍛練稽古は、何の成果があったのかと、とまどうばかりである。

彼は高柳又四郎には容赦なく打たれ突かれ、道場に四つん這《ば》いになり立ちあがれないまでに、いためつけられた。

周作の高柳についての記述には、苦い思いが行間にこめられている。

「中西氏の門人に高柳又四郎という人あり。これまた剣術の名人にて、いかような人と試合いたしたりとも、自分の竹刀《しない》に相手の竹刀をさわらすことなく、二尺三尺もはなれいて、向うの出る頭《かしら》起る頭を打ち、あるいは突きを入れ、決して此《こ》の方へ寄せつけず、向うよりひと足出るところへ此の方よりもひと足進むことゆえ、ちょうど打ち間《ま》よくなり。他流には一度も負けたることなし。他の人とはちがい、多くよく間合《まあい》を覚えたるゆえ、この人の上に出る者なし。しかれども突きなどは、悪きところ勝ちにて、同門はあまりこの人と稽古することを好まず。また同人はいかようなる初心者にても、わざと打たせるなどということは、決してせぬ人なり。平日の話にも、われは人の稽古になるようにはいたさず、ただ自分の稽古になるように致すことゆえ、たとい初心者たりとも、わざと打たすなどということは致さぬと、かねがねいわれしなり。その癖つきたるゆえか、同人の門人には一人も上達の者なく、その身一代の剣術に終りしは、実に残念なることなり。また同人他流試合などの節にも、はじめより終りまで一試合のうち、一度も高柳の竹刀にさわらぬこと度々ありたり。これを音無しの勝負などと同人は説《とな》えおれり。まずかようなる人を上手名人というべし」

白井亭については、つぎのように記述する。

「余の同門に白井亭という人あり。この道殊《こと》の達人にて、その日の出席者たとえ二十人三十人ありとも、たいていふた通りは稽古せし人なり。とかくかようになくては、人の上に立つことむつかしきものなり。中庸に人一度すれば、己れ之《これ》を百度す。人十度すれば己れ之を千度すというところなり」

白井亨は幼ない時分から、組太刀と試合稽古でさまざま辛苦をかさねてきた人物で、後輩に対しては懇切丁寧な指導をおこなった。とりわけ幼年の門人には優しく、手をとるようにして教えた。

高柳又四郎は音無しの構えで知られ、寺田の木刀からは火が出る、白井の竹刀からは輪が出るといわれている。

周作は組太刀を寺田、試合の要諦《ようたい》を白井から学び、技倆《ぎりよう》をみがいた。

周作に敬愛された白井亨義謙とは、いかなる人物であったか。彼は天明三年（一七八三）岡山藩江戸藩邸で生れた。父は江戸在勤の藩士であったが、亨が七歳のとき病死した。

一代限りの奉公であったので、亨は家督相続ができず扶持《ふち》を失い、藩邸を出て姉の嫁ぎ先に養われることになった。

姉の主人は富裕な幕士であったが、亨は居候《いそうろう》をながく続けるわけにはいかない。独立して母を養う責任があった。

彼は生れつき動作が機敏で、亡父から剣術を志すようといわれていたので、八歳になって機迅流の宗家、依田《よだ》新八郎秀復《ひでまた》の道場に入門した。

依田秀復は、上杉家の臣であった。上杉米沢《よねざわ》藩では神保忠昭に楠木《くすのき》流軍学を学んだ。上杉家を致仕してのちは江州《ごうしゅう》宮川の浦上浅右衛門という槍術家《そうじゅつか》に、宝蔵院流槍術を学んだが、槍術家にはならず機迅流剣術を創始した。変った経歴の持主である。

機迅流に入門したのは、当時江戸で依田が剛強の剣士として高名であったためであるが、白井は不運であった。

彼は寛政二年（一七九〇）正月二十二日、依田道場に入門した。かぞえ年八歳の少年は、道場の稽古の様子を見て、剣術修業とはこれほどすさまじいものかと、驚くばかりであった。

道場で面籠手《めんこて》つけて打ちあっている門人たちの稽古のさまは、軍鶏《しやも》の喧嘩《けんか》というか、まるで殺しあいの場を見ているようであった。

たがいに大声を発して相手の胆を奪おうとし、隙《すき》をみつける間もなく竹刀をふりかざし、躍進して打ちこみ、さえぎる竹刀を力まかせに打ちおとす。

面、籠手、胴はもとより、道具はずれの臑《すね》、肘《ひじ》、腋《わき》のしたなども狙《ねら》い打ちをして、体当り、足搦《あしがら》で投げとばしあう。

竹刀を風車のようにまわし、相手をめった打ちにし、気を失わせるほど打ちすえねば勝ちをみとめてもらえない。

これはとてもだめだ、と亨はおそれをなした。道場の床を割れんばかりに踏みならし、稽古相手を動けなくなるまで乱撃して、勝ちを得るには、体格雄偉《ゆうい》、腕力抜群で、闘争心旺盛《おうせい》な者でなければならない。

亨は家に帰り、母に告げた。

「お母様、あのようなおそろしい道場では、とても稽古はできませぬ。私のような子供に応じた稽古をさせてくれる道場へ参りとうござります」

母は亨をさとした。

「亨や、さような心掛けでは何の流儀でも学べませぬ。いったんきめたからには、機迅流を一生の流儀とするほどの覚悟をお持ちなされ」

亨は母の言葉に従うよりほかはなかった。

母親はひたすら息子を督励し鍛えあげ、剣によって身をたてさせたかったのであろうが、彼女は男の世界を知らなかった。

剣術の一流を創始したほどの人物であれば、武人の亀鑑《きかん》となるような豪胆かつ世俗を超越した境地に達しているかというと、実際はそうではない場合も多い。

剣術をやらせれば、たしかに人なみ以上に達者ではあるが、品性においては下劣としかいいようのない人物もいる。そのような師匠をえらんだ者は、人生の軌道を狂わされかねないほどの、ひどい目に逢《あ》わされることになる。

依田新八郎は、大身《たいしん》の武士の伜《せがれ》とか、町人でもつけとどけの多い者は優遇した。稽古の際には順番を先にして、とりわけ念いりに教えてやる。

打たれると身にこたえる急所などは、つとめて殴りつけないようにする。試合に際し、検分役に立てば、はなはだしい依怙《えこ》ひいきをした。

道場の門人たちのあいだで稽古試合をやるとき、彼はひいきの者にかならず勝たせた。依田にかわいがられている門人と試合をすれば、こちらがしたたかに打ちこんでも無視される。

相手の打ちこんできた竹刀が、こちらの体をかすりもせず空振りするのを、依田は声をはりあげて叫ぶ。

「お胴一本なり」

一本をとられたほうは、憤懣《ふんまん》やるかたなく、なかには検分役に抗議してはならないという慣例を無視し、依田に文句をつける者もいた。

「先生、いまのは一本ではありませぬ。竹刀は私の体に触れてはおりませぬゆえ」

依田は苦情をいう門人に、顔に朱をそそいで大喝《だいかつ》する。

「ばか者めが、師匠の眼《め》に狂いがあると申すか。さような不心得を申す奴は、即刻破門だ。ただちに荷物をまとめ、立ち去るがよかろう」

依田がひいきしない門人は、貧家の子弟であるため、道場を追いだすほうが望ましいわけであった。

八歳の亭に、大人たちはいくらか手加減したのであろうか。手加減しなければ怪我《けが》をするか、病気になってしまう。

当時は竹刀は真剣とおなじほどに、大切に扱われた。竹は自分で一本ずつ撰《えら》んだものを天井裏で乾燥させ、一年から三年もかけ飴色《あめいろ》になったものを用い、堅牢《けんろう》無比の竹刀をつくりあげるのである。

竹刀のなかに鉛や鉄の棒を仕込むのは、めずらしくない。先端に錘《おもり》をいれた竹刀に打たれると刀身が曲って、受けとめているのにしたたかに脳天に当ったという。

体当り、足搦は相手を床に叩《たた》きつけ、昏倒《こんとう》させるための工夫がこらされている。

太平の江戸期であっても、打ちこみのきびしさは現代剣道とは非常な懸隔があった。幕末に下谷《したや》の地獄道場と名の高かった直心影流《じきしんかげ》榊原鍵吉《さかきばらけんきち》道場では、鍵吉に脳天を殴られた弟子が脳震盪《のうしんとう》をおこし、面籠手つけたまま鮪《まぐろ》のように幾人も転がっていたといわれる。

亭は依田道場で、荒稽古を耐えしのぶ。

彼は機迅流で頭角をあらわすには、腕力がなければどうにもならないことに気づく。技がいかに巧妙であっても、荒くれた力で押しきられるのである。

剣術に強くなるには、筋力にすぐれていなければならないと悟った亨は、重さ一貫目ほどの赤樫《あかがし》の振り棒を手にいれ、道場での稽古を終え帰宅すると、それを振る。

子供の体にとって一貫目の棒を振るのは、過重な負担である。大人でさえ、よほど鍛えていなければ自由に振りまわせない。

亨は死にものぐるいに棒を振った。毎晩七、八百回、千回と振るのである。時間にすれば小半刻《こはんとき》（三十分）あまりであるが、全身汗みずくになり、疲労困憊《こんぱい》する。

腕が萎《な》えてくると、亨は道場で自分をいためつける兄弟子たちの顔を思いうかべ、「何を、何を」と胸中に叫びつつ、力をふるいおこした。

わざと肘や低めの横面を打ち、亨の出ばなに無慈悲な突きを出して転倒させ、痛い目にあわせるのを快とする兄弟子は数多い。

亨が夜になって庭に出て棒を振りはじめると、母は傍《そば》にきて回数をかぞえ、はげましつづけた。

棒を振りおえると、竹刀をとっての独り稽古をつづける。時には寝るのをわすれ暁に至ることもあった。

亨は入門して七年後、十五歳のときには体軀《たいく》強壮、進退は俊敏をきわめ、同門の師範代を相手にしても一歩も譲らない力倆を身につけた。

颯爽《さっそう》たる太刀さばきの少年剣士は、出稽古にくる他流派の剣士たちの眼にもとまり、さきざきは楽しみなものと賞讃《しょうさん》してくれる。

だが、師匠の依田は亨を無視しつづけた。七年の荒稽古に耐えぬき、戦場剣法といわれる機迅流の道場で、亨が竹刀を持って立てば、荒技をもって知られた先輩剣士が、相手になるのをはばかるほどになっているのに、目録免許をも与えなかった。

他の門人たちは、これといって見るべき技の冴《さ》えもないのに、春秋二期にはしかるべき進級を許される。

亨はあきらかな差別をうけ、依田門での修業をやめようと決心する。彼はこののち師匠の依田に学ぶべきところは少ないと判断した。

「つらつら考うるに、いま師に学ぶこと七年、師許可せる力大豊偉精芸の好漢と称するも余と相持す。いわんやその他をや。何の恃《たの》むところあってかこの門に学ばん。如《し》かじ辞し去って他に学ばんには」

亨は寛政九年（一七九七）の歳末に、師弟の起《き》請《しょうもん》文を焼却して依田門を出た。

依田門を去った亨は、江戸随一の大道場である中西道場に、入門を志願して許された。

天下の偉材をあつめた中西道場は多士済々、全国から有為の士が集まっている。依田道場が利己的な師匠を中心に動いていたのにくらべると、他流派の技をも積極的にとりいれる自由な空気がみなぎっている。

師匠の中西派一刀流三代目の忠太子啓《しけい》をはじめ、先輩はすべて亨に親切な指導を惜しまない。彼は中西忠太を、つぎのように評している。

「師子啓、容貌《ようぼう》威厳、精敏良能、力大雄壮、胸中寛大にしてよく衆を容《い》れ、またよく酒をたしなむ。躬《み》貧にしてその貧を知らず。常に大甕《おおがめ》を置きこれを喫してその真を養う。諸侯あらそって師とす。その弟子三千人英名天下に輝く」

亨の精励は、依田道場にいたときより倍加した。彼は早朝から夕刻まで面をはずすことなく、未見の相手と竹刀を交し、あらたな技を身につけることに没頭した。

「師の門に入りてよりこのかた、邪熱、悪寒《おかん》、疾病《しっぺい》ありといえども、一日もその教場に至らざることなく、その勢法比較撃剣の数量、衆に倍せざることなし。夜は家に在りて木剣竹刀《ちくとう》数斤《きん》の重大なる者を閃滾《せんこん》し、その風声をなさしむ」

亨の一心不乱の稽古ぶりは、師の忠太をはじめ、寺田五右衛門、高柳又四郎に好意をもって迎えられた。

剣術の道は奥がふかい。亨は布団《ふとん》に入ってのちも、わが技をあれこれと工夫して眠ることを忘れるほど、没頭した。

亨は組太刀を寺田五右衛門、竹刀稽古は高柳又四郎に学ぶ。新参の門人が寺田、高柳の教示を受ける機会はすくなかったが、亨の資質を見抜いた二人は、特に目をかけ導いた。

狷介《けんかい》で知られた高柳がこころよく指導した後輩は、亨のみであった。

亨は長足の進歩をとげた。入門して四年目、寺田五右衛門が一刀流組太刀の免許皆伝を得た。ときに寛政十二年（一八〇〇）、寺田は五十二歳、中西忠太子啓は四十六歳であった。

寺田は高崎藩士で、はじめ中西派一刀流初代中西忠太子定《してい》に入門した。子定は数年後死去して、二世の忠蔵子武《しぶ》の代になった。

寺田は面、籠手つけての道場稽古よりも組太刀稽古に剣の真意が得られると考えるようになり、十八歳で中西道場を去る。

そののち平常無敵流池田八左衛門の門人となり、三十歳まで修業して奥儀を授けられ、池田門下の逸足《いっそく》と称された。

中西派三世の忠太子啓のもとへ戻ったのは、亨が入門したとおなじ寛政八年であった。藩侯よりいまいちど一刀流を研鑽《けんさん》するよう命じられたからである。

帰り新参の寺田は、門人ではあるが、流儀の解釈はたがいに相違していた。寺田は刀を用いるのに精神を重んじるべきであると強調し、忠太は正しい姿勢と気息によって、自然に精神の位《くらい》は定まるという。

議論が白熱すると、傍の門人がなりゆきを心配するほどであったが、ふだんは兄弟のような間柄《あいだがら》であった。

忠太子啓は享和《きょうわ》元年（一八〇一）二月十五日、突然死去した。享年四十七歳である。子啓には後継ぎの子供がなく、兵馬という姉の子を養子としていたが、十五歳で中西道場の大屋台を支える器量はない。

このままでは大道場も人気離散の憂《う》き目を見ることになると、流派の重立った者が協議の結果、寺田五右衛門が兵馬の後見役となり、師範代は高柳又四郎のほかに白井亨が抜擢《ばってき》され、道場の元締め役をつとめることに決った。

亨は十九歳で江戸随一といわれる大道場の師範代となったのである。

兵馬は中西道場の三羽烏《さんばがらす》の指導をうけ、中西派はじまって以来といわれるほどの名手となった。

兵馬が道統を継ぎ、四世中西忠兵衛子正を名乗ったのは、五年後の文化三年（一八〇六）であった。

亨は兵馬が四世を継ぐ直前、文化二年の秋に江戸を出て、武者修業の旅に出た。東海道をのぼって京都にむかい、さらに亡父に縁故のある備前岡山に着いて道場を構えた。

白井亨の剣名は岡山にも聞えていた。江戸の大道場で敵なしといわれた亨は、無類のつよみをあらわし、岡山藩士が多数門人となった。

亨は道場を経営するかたわら、岡山藩軍事師範滝川万五郎俊章《としあき》に兵学を学んで、印可《いんか》を得る。

そのまま岡山に居着く気もなかったが、数年をすごすうち、文化八年（一八一一）に母が重病との知らせがきたので、道場を閉じ、江戸に戻った。

しばらく看病をして、母の病状が快方にむかうと、中西道場にもどった。

彼は久しぶりに寺田五右衛門に会うと、試合を挑《いど》んでみたくなった。六年前、江戸を出立するまで、亨は寺田に師事して組太刀を学んできたが、試合をしたことはなかった。

寺田は試合をするときも竹刀を用いず、木刀をとり、素面素籠手《すめんすこて》であるため、立ちあいを頼みにくく、つい遠慮するのである。

中西道場で、あるとき門人の数人が寺田に試合を所望したことがあった。いずれも助教なみの腕前の生意気ざかりで、組太刀の形ばかりをおこなっている寺田が、実戦でどれほどの手練をあらわすか、試みてみたくなったのであろう。

寺田は悠然《ゆうぜん》と応じた。

「拙者はお手前がたが承知せらるる通り、竹刀の勝負を好まぬ。しかしたっての望みとあれば是非に及ばぬ。拙者は馴《な》れたる素面素籠手、木刀にて相手をいたそう。お手前がたは面籠手にて身をかため、拙者と試合のうえは、こなたに隙あればすこしも遠慮に及ばず、頭なり腹なり、勝手しだいに打たるるがよかろう。拙者は決して打たれ申さぬ」

門人たちは寺田の高言を聞き、憤《いきどお》った。いずれも防具を手早くつけ、寺田のまえに居ならぶ。彼らは心中で、寺田の腕か肋骨《ろっこつ》を折り、重傷を負わせるつもりでいた。

寺田は上半身に稽古着もつけない素裸で、二尺三寸五分の木刀を手に道場へ出る。

「誰からでもよい。おいでなされ」

招かれた一人が立ちむかい、竹刀を構え迫ってゆく。

道場にいあわせた者たちが、息を呑《の》んで見守るうち、相手に立った門人が頭上に竹刀を打ちおろそうと気を動かす機先を制し、寺田はいった。

「面へくるなら、摺《す》りあげて胴を打つぞ」

相手が小手を打ち折ろうと思うと、寺田はいちはやくいう。

「小手へくるなら、切りかえして突くぞ」

寺田は相手の心に兆《きざ》した考えをすぐさま看破して告げるため、押して仕懸ければ打たれるにちがいないと分るので、門人は動けないままにひきさがった。

そのあと二、三人がかわるがわる立ちあったが、いずれも同様の結果となり、一打を試みる勇気をあらわす者はいなかった。

亨はなまじの剣術遣いでは歯のたたない、寺田の実力を知っているので、なおのこと自分の力倆を試すために、寺田との手あわせを希《のぞ》んだ。

「よかろう、儂《わし》とお主のことだ。いまからでもよい。やってみよう」

双方が木刀をとり、むかいあった。

相青眼《あいせいがん》で五間の立ちあい間合をとってみて、亨は驚愕《きょうがく》した。ふだんの寺田とは構えが一変している。とても傍《そば》へ寄れるような形勢ではなく、寺田に睨《にら》みすえられると、全身が萎縮《いしゅく》した。

寺田がゆっくりと出てきて、剣尖《けんせん》が交叉《こうさ》すると、亨は思わずあとじさる。じっとしておれば一刀両断されるような、凄《すさ》まじい剣気に圧迫されてのことである。

亨は二十九歳、剣風の熟する時期をむかえていた。寺田は鬢髪《びんぱつ》に霜を置く六十三歳の老人である。

亨は寺田に押され、気づかぬうちに退いて板壁に背をうちあてていた。

「おそれいりました」

亨は全身に冷汗をかき、呼吸が荒くなっていた。

「いま一度、やって見られるがよい」

寺田に促され、亨は道場の中央にもどる。こんどこそはと意気ごんでかかろうとするが、寺田とむかいあっただけで圧倒されてしまう。

無理に打ちこんでも、後《ご》の先《せん》の技を返されることが、見通せるのである。

(俺は寺田殿と同格のつもりでいたが、子供のようにあしらわれる。高柳殿を相手のようなわけにはゆかぬ。俺はいったい、いままで何をしていたのだ)

亨の自負心は粉砕された。

「寺田殿にはまったく手も足も出ませぬが、なぜこのようになるのでしょう」

寺田は答えた。

「お主は、はじめに就いた師匠がわるかった。二十年ものながいあいだ、力にたよるという邪道におちこんで、眼をひらいていないゆえ、わが力を自在にあらわせなくなっておるのだ」

「力にたよるとは、いかなることでございましょう」

「相手よりすこしでも早く動き、竹刀を相手に当てようと、肩に力が入りすぎている。それゆえ、お主の動きを見破るのはたやすいことだ。儂《わし》が向いあってみれば、お主の心は竹刀を持つ手もとに集まっていて、拳《こぶし》の動きを見ているだけで、内心が手にとるように分るのだ。また、お主がいかにすばやく打ちこんできたところで、儂にはその動きは至極ゆるやかにしか見えず、迎えの太刀を自在に打ちだせるのだ」

亭は考えこんだ。

寺田の言葉に嘘《うそ》はなかった。たしかに寺田は亭の心の動きを読んでいた。

寺田は腕を組み、うなだれている亭にいう。

「儂の見るところでは、お主はまず一歩からやり直さねば、このうえの上達は見込めまい。増上慢を捨て、初心にかえるのだ。見性《けんしょう》悟道のほかに、お主の進むべき道はない」

亭はその場であらためて、寺田の門人となる起請文《きしょうもん》をいれ、師弟の約をむすんだ。

翌日から亭は寺田に組太刀の伝授をうけるようになった。寺田が自己の力を隠さず亭にむかってくると、おそろしいほどの技のひらきが、亭には感じとれた。

これがおなじ人間かと思えるほど、亭は寺田に翻弄《ほんろう》される。

「お主はどうもいかん」

寺田がいいだした。

「肩の力を抜けとどれほどいって聞かせても、どうしても入るようだ。さようなことでは上達はおぼつかない」

「どうすればようございましょう」

「うむ、思いきって肩を砕くか。そうすれば力は衰えようが、力にとらわれるよりはよかろう」

亭は肩を砕くことに同意した。

肩を砕くとはどういうことをするのか、施術《せじゅつ》の方法は伝承されてはいない。日本武道の淵源《えんげん》である修験道《しゅげんどう》にかかわる秘法のようであるが、判然とはしない。

実際に肩の骨を砕けば手は動かなくなるが、亭は寺田のすすめで肩に力の入らない施術をうけたのち、剣術修業をつづけ、長足の進歩をとげた。

剣術をはじめ、あらゆる日本の武道は、わずか百七、八十年前の伝承のおおかたが、霧に覆《おお》われたように実体をつかめなくなっている。

亭は五年間、寺田について修業をした。寺田は組太刀の教授をするかたわら、亭に白隠禅師遺法の内観《ないかん》の法を修業せしめた。神通力に類することである。

文化十二年（一八一五）八月、亭は寺田から天真伝印可を相伝し、天真一刀流二世となった。寺田はすでに六十七歳、亭は三十三歳である。

そののち亭は寺田のすすめにより、徳本行者の道場へおもむき、唱名にあけ暮れる日を送って、ある日釈然と大悟した。

筑後《ちくご》柳川《やながわ》藩の新陰流の剣客、大石進が六尺（一メートル八十二センチ）の長竹刀をひっさげ、江戸に出て、名だたる道場を荒らしまわり、旋風をまきおこしたのは天保《てんぽう》三年（一八三二）春であった。

　進は身長七尺（二メートル十二センチ）のなみはずれた巨漢であった。彼は寛政九年（一七九七）柳川藩剣術槍術指南役、大石太郎兵衛種行の次男に生れた。

　生来無器用といわれ、剣術修業をすることはなかったが、十八歳のとき蔵の天井から吊《つる》した毬《まり》を竹槍《たけやり》で突く稽古をはじめた。

　二十一歳になると、双手《もろて》突き、片手突きが百発百中の腕前となっていた。六尺の竹刀をこしらえ、父親の門人を相手に試合をしてみると、進の突きを避けられる者はいなかった。

　進はさらに鍛錬をかさね、突きから胴斬りの二段打ちができるようになった。

　彼は九州の剣客に他流試合を挑み、不敗を誇った。二十五歳で藩指南役となり、三十五歳の春に江戸に出てきたのである。

　進は日本一の剣士としての名誉を得るために、江戸に出府した。彼が念願とするのは、直心影流男谷《おだに》精一郎に勝利を得ることであった。

　天下の名人と称される男谷を破れば、彼は故郷に錦《にしき》を飾れるわけであった。

　進が最初に試合を申しこんだのは、鏡新明智流《きょうしんめいちりゅう》の桃井春蔵《もものいしゅんぞう》であった。春蔵は承諾する。

　試合は竹刀を二、三合打ちあわせただけで終った。春蔵が六尺の竹刀を見て、戦う気が萎《な》えたのである。

六尺竹刀などという、実用にほど遠い得物で試合をするのは、児戯に類したことだと思ったのであるが、こちらから竹刀を引いたのだから、敗北にはちがいない。

進の緒戦は後味のわるい勝利となったが、そのあと、彼は江戸で一流といわれる道場主に、つづけさまに試合を申しこみ、楽勝をかさねた。

心形刀流《しんぎょうとう》伊庭《いば》道場では、伊庭軍兵衛と高弟の二刀の名人三輪《みわ》銅四郎を撃破した。直心影流では浅草鳥越《とりごえ》に道場をもつ石川瀬平次、下谷車坂の井上伝兵衛。小野派一刀流、駿河台《するがだい》下の鵜殿甚左衛門《うどのじんざえもん》らが敗北する。

気勢あがる進は、ついに千葉周作に挑戦《ちょうせん》した。試合の当日、神田お玉ヶ池の玄武館は、参観の客で立錐《りっすい》の余地もない有様となった。

周作は進の六尺の竹刀に対抗するために、四尺二、三寸の竹刀に直径四寸五分の大型の鍔《つば》をはめ、立ちむかった。

試合がはじまると、進は双手突き、片手突き、左右胴斬りと息つく暇もない攻撃をくりひろげたが、大型の鍔は意外なほどに効果を発揮し、進の突きをすべて不発とした。

周作は、半刻（一時間）余りも戦ううち、進の一撃をも許さなかったが、彼も攻撃の余裕はなく、勝負は引き分けとなった。

進はひきつづき、数日の間をおいて男谷精一郎に挑戦した。

男谷は三尺八寸の竹刀で試合に応じた。

試合の場で、進は六尺竹刀で突きを連発するが、男谷は首を左右に振って受けながす。だが、懐《ふところ》のふかい進に肉薄できず、勝負は引き分けとなった。

進は柳川藩邸に帰り、友人の剣客を相手に数回突きを試みるうちに、男谷がなぜ彼の突きを外せたかが分った。

「よか、明日の勝負にゃ勝つぞ」

進は叫んだ。

翌日、進はふたたび男谷に試合を申しこむ。道場でむかいあうと、進は男谷の喉《のど》を突いた。進の剣尖は、前日に突いた位置より三、四寸下を狙《ねら》ったので、男谷は首を左右に振っても避けられず、敗北した。

古今の名人に勝ち、そのままひきあげれば故郷に錦を飾れたわけだが、進はなおも戦績をかさねるため、中西道場に試合を申しいれた。

中西道場では進の希望をうけいれた。試合の当日、大道場は参観者が押しあい、庭にまであふれた。

七尺の長身で突っ立つ左半身の構えの大石進は、六尺竹刀を水平に構える。

相手に立ったのは、白井亨であった。彼は何の細工もない三尺八寸の竹刀を下段青眼にとる。亭は身長五尺六寸、剣客としてはとりわけ大柄とはいえない。

双方むかいあい、間合をじりじりと詰めてゆく。進は激烈な突きを、つづけさまに亭の喉から顔面へと見舞った。

亭は肩に力のはいらぬ軽やかな動作でうけながし、右半身の体勢となった。たちまち大石得意の胴斬りが唸《うな》った。

だが、亭は一瞬早く進の手もとへつけいった。七尺の長身にむかい、子供のようにみえる亭の手もとから竹刀が延び、あざやかに面をとった。

「お面なり、一本」

検分役に立った桃井春蔵が、亭の勝ちを宣言した。

二本目、進は動揺したのか、突きの攻撃は精彩を失う。亭は左右に受け流していたが、わずかな隙《すき》をのがさず飛びこんで小手を打つ。

ポン、と冴《さ》えた音がして、鮮やかに打ちこみがきまった。亭は疲労の様子もなく、三本勝負で二本を取り完勝し、江戸剣客の面目を保った。

亭は晩年には道場をひらかず、本郷根津に侘《わ》び住居《ずまい》をしていた。妻帯はせず、「明道論」「神妙録」「天真録」「兵法道しるべ」などの著述をのこし、天真一刀流三世を門人津田明磬《めいけい》に継がせた。天保年間に死去したというが、没年は不明である。

抜き、即、斬《ざん》

文久二年（一八六二）八月二十一日朝、薩摩《さつま》藩主の生父、島津久光《ひさみつ》が四百人の供を従え、高輪《たかなわ》藩邸を出立し国許《くにもと》にむかった。

久光は五月下旬、手兵を率い勅使大原重徳《しげとみ》を護衛し、江戸に下向した。大原の任務は、三カ条の勅命を幕府に伝達することにある。

一、将軍は諸大名を率い天皇に謁見《えっけん》し、国策を練る。

二、沿海の五大藩の主を五大老とし、国政を司《つかさど》らしめ、国防に尽力させる。

三、一橋慶喜《ひとつばしよしのぶ》は将軍の輔佐《ほさ》に任ぜしめ、松平慶永《よしなが》を大老に任ずる。

久光の意見をとりいれた勅命は、三カ月のちに、すべて幕府にうけいれられた。

久光は自分の主唱する公武合体の実があがったので、意気さかんであった。幕府は八月二十日、神奈川奉行阿部越前守《えちぜんのかみ》を通じ、各国領事に通達した。

「明日、島津三郎久光の行列が江戸を出立し、西下するため、遊歩はつつしんでほしい。薩藩の侍は性質が粗暴で、危険である」

横浜居留地の各国領事は、奉行の通達を、居留民に伝える。

たまたま、香港《ホンコン》から横浜へ避暑にきていたイギリス貿易商リチャードソンと夫人のボラデールは、通達を軽んじた。

彼らは、日本人を見くびっていた。アヘン戦争で中国を制圧した、大英帝国の武力をかさにきて、傲《おご》っていたのである。

八月二十一日は、日曜日であった。まもなく香港へ帰るリチャードソンは、知人のクラーク、マーシャルを誘い、江戸見物に出かけようとした。

薩藩の行列は、粛々と西へむかう。途中で幾人かの外国人が行列に会い、会釈《えしやく》して、何事もなくすれちがった。

アメリカ人バンリードも、騎馬で江戸にむかい、途中で行列に会った。彼はただちに下馬し、馬の口をとって道端に避け、久光の駕籠《かご》に脱帽敬礼した。

八つ（午後二時）頃《ごろ》、久光の行列は生麦村《なまむぎ》を通過した。行手から白人の男三人、女一人が騎馬で近づいてくるのが見えた。

リチャードソンは先頭に立っていた。四人は騎乗のまま、道路の右脇《わき》を静かに進み、すれちがおうとした。

久光の駕籠が近づいてくるにつれ、行列の幅はひろくなり、四人は道端へ押しやられた。駕籠脇警衛の中小姓たちが、眼《め》をいからせ、騎馬乗りうちをしようとする彼らを、押しやった。

「ご無礼《ぶれ》さあなこつ」

「容赦せんど」

怒声が列中からあがった。

血相かえた行列の侍たちを避け、リチャードソンはひきかえそうとしたが、駕籠がやってきて、道に侍が充満した。

「こん和郎《わろ》は、乗い打ちいたすか」

従士の一人が、手にした槍の柄《え》でリチャードソンの乗馬を押そうとした。

四頭の馬は緊迫した様子を感じたのか、いななき騒ぐ。リチャードソンは馬を乗りしずめようとして、かえって駕籠のまえへ出ていった。

行列を先導する供頭《ともがしら》の奈良原喜左衛門は、駕籠脇にいたが、そのさまを見て駆け寄り、飛びあがって抜き打ちの一刀を浴びせた。

薬丸《やくまる》自顕《じげん》流の一撃太刀である。リチャードソンは背中から左脇腹へかけ、斜めに切りさげられた。

リチャードソンは傷口を左手でおさえ、右手手綱で懸命に逃げた。一町（約百九メートル）ほど馬を走らせたところで、鉄砲組の久木村治休にふたたび斬られた。

久木村は、後年事件についての記憶を、次のように語っている。

「異人は左脇腹を切り割られ、その痛手のために左手で傷口をおさえ、盲目駆けに駆けぬけて私の所にあらわれたものであります。それを私が待ちかまえて、奈良原さんの太刀と反対方向に、前腹から後背へおなじ左脇腹を、しかもおなじところを切ったという寸法であります。よほど運の悪い男だったのでしょう」

久木村も自顕流の遣い手である。

奈良原が背中から左脇腹へ斬り下げた傷を、久木村がリチャードソンの左手の甲もろともに斬りあげている。

奈良原の抜き打ちは、トンボの打ちであるが、久木村のは「抜き」であった。

「抜き」とは、自顕流独得の刀法である。

抜き、即、斬、といわれる激しい太刀遣いは、戦国時代の野太刀術から伝えられたものであった。

抜きの動作は、まず両踵《かかと》をそろえた直立の姿勢からはじまる。敵を見据《みす》えつつ爪先《つまさき》で立ち、同時に左てのひらを刀の鍔際《つばぎわ》に下からあて、右てのひらを柄《つか》の鍔口にあて、刀を押しまわし刃《やいば》を下にして、右手で柄を握る。

左手は鯉口《こいぐち》にあて、右足をおおきく踏みだしつつ腰をうしろにひねり、右肘《ひじ》は刀の柄頭《つかがしら》にのせ、肘で相手をはじきとばすいきおいで、股下《またした》から頭上まで斬りあげる。

刀の刃は真上かいくらか斜め右上をむき、切先は左ななめうえにむいている。切りあげたとき、刀の鍔から切先に至る一線のあいだに自分の左右の肩がはいるのが、正しい抜きの姿勢である。

刀を抜きはなつ瞬間に、「チェーイ」と甲声《かんごえ》をあげ、体は膝《ひざ》がまえに出て、重心がまえにかかっている。

昔の野太刀術では、突きだしてきた相手の槍《やり》の柄もろともに、睾丸《こうがん》を第一の目標として切ることとされていた。

睾丸を切れないときは、相手の右手か胴を切るのである。

抜きの独り稽古《げいこ》は、相手の股から頭へまっすぐ切りあげるつもりでおこなわねばならない。切りあげるとき、刀の柄が右手の前膊部《ぜんはくぶ》にピタリと着いているようにすれば、手首の返しがよく、技が冴《さ》える。

立木《たてぎ》に長棒をたてかけ、抜きのひとり稽古をするとき、長棒がまっすぐうしろへ倒れるのは、すぐれた切りこみで、右手に倒れるのは右手の返しがきいていないのである。

薬丸自顕流の始祖、薬丸刑部左衛門兼陳《ぎょうぶざえもんかねのぶ》の祖父、壱岐守《いきのかみ》は、野太刀兵法《ひょうほう》の達人であった。彼は、天正六年（一五七八）十一月、島津勢が十万の大友勢を迎えうったとき、十八歳の初陣《ういじん》を体験した示現流の始祖東郷重位《しげたか》の、介添え役をしてやっている。

壱岐守は慶長五年（一六〇〇）関ヶ原の合戦には、主君島津義弘《よしひろ》に従い死闘のあげく、生還した豪の者である。

関ヶ原に従軍した島津勢は、約千五百人であった。六十五万石《ごく》の大《だい》大名にしては寡少《かしょう》な人数であった。

島津家は、関ヶ原の戦《たたかい》にすすんで参加したわけではない。天正十五年（一五八七）、秀吉に二十二万の大軍をさしむけられての島津攻めに降伏したのち、文禄、慶長の朝鮮の役に大兵を派し、莫大《ばくだい》な戦費の捻出《ねんしゅつ》を余儀なくされた。

財力の涸渇《こかつ》した島津家は、関ヶ原の戦がはじまる半年まえの三月まで、領内の豪族伊集院忠真《ただざね》の叛乱《はんらん》を鎮定する、苦しい戦いをつづけていた。

島津義弘は、徳川家康が会津征伐に出陣するとき、伏見まで見送りに出向き、家康から伏見城留守居を頼まれ、快諾したほどであるから、石田三成《みつなり》に協力する気はなかった。

だが大坂にいるうち西軍が挙兵し、義弘は豊臣《とよとみ》家へ就かざるをえなくなった。島津勢千五百は、戦費に窮したなかからの懸命の努力で、大坂表へ送りとどけた人数であった。

勇猛な島津勢は、七月の西軍挙兵ののち、しだいに石田三成に阻隔の感をつよめてゆく。文禄、慶長の役に、朝鮮泗川《しせん》で驍名《ぎょうめい》をとどろかせた義弘には、武将の器ではない三成の不手際《ふてぎわ》な作戦が、気にいらなかった。

義弘は関ヶ原の合戦に先立ち、大垣城《おおがき》でおこなわれた評定《ひょうじょう》の座で、家康本陣に先制攻撃をかける作戦を主張して、容《い》れられなかった。

そのため、合戦がはじまっても陣を敷いたまま、敵を攻撃しなかった。敵が肉薄してきても、鉄砲の筒口をそろえ槍を伏せたまま、戦おうとしない。

早朝からはじまった合戦は、未《ひつじ》の上刻（午後二時）になって、総崩れとなった西軍のなかで、島津勢のみが踏みとどまった。

義弘は島津の武名にかけて、退却を許さなかった。

千五百の島津勢は、八万をこえる東軍の攻撃のなかで、怒濤《どとう》にもてあそばれる扁舟《こぶね》のように、八方から攻めかかられる。

義弘は陣所の小丘のうえから、眼前に殺到してくる敵勢を見て、傍《そば》の甥豊久《おいとよひさ》、重臣阿多盛惇《もりあつ》にいった。

「ここを逃ぐっにゃ、伊吹《いぶき》を越えにゃいけん。前は敵が渦巻《うずま》いておっ。家来はもはや半ばは討たれ、儂《わし》は老いぼれ山を走っこつも、できぬ。向うに見ゆっ家康が本陣に、真一文字に突きいっち、死のうが本望ぞ」

豊久たちは、義弘の短気をいさめた。

「苦しきなかを斬《き》い抜いてこそ、名将ごあんそ。死ぬのはいつでん出来《でく》っでごあんそ。ここは走ってお命をつないで下され」

義弘はようやく戦場から脱出すると決めた。

島津勢は伊吹を越え北近江《おうみ》に逃げるか、北国街道を西へ逃げるか、いずれかをとろうとした。だが、義弘は敵中突破を主張した。

前面の敵勢のなかを斬りぬけ、伊勢《いせ》にむかうのである。義弘は内心では徳川家康の本陣をつき、死ぬつもりである。

すでに半数に減った島津勢は、肩印をとり馬標《うまじるし》を折って東南の方角へ、突撃する。陣場野の家康本陣の前面まで、無人の野をゆくように突進する。

東軍諸隊は、死にもの狂いの島津隊に正面から激突すれば、甚大な被害をうけると知っていた。

島津勢は酒井忠次《ただつぐ》勢に妨げられ、家康本陣を衝《つ》けなかったが、そのまま関ヶ原を脱出する。

東軍はいったん島津勢を逃がし、猛然と追撃に移った。島津豊久は本多忠勝の騎馬隊に追いつかれ、十方より突きかけられ、槍七、八本で六、七度も槍玉にあげられ、猩々《しょうじょう》緋《ひ》の陣羽織はきれぎれに飛び散る、凄惨《せいさん》な最期《さいご》をとげる。

阿多盛惇は、追いすがってきた松平忠吉、井伊直政の軍勢にむかい、義弘の陰武者となって駆けいった。

「われこそは島津兵庫入道惟新なり」

彼は連呼しつつ、乱刃のなかで討死にする。

薬丸壱岐守ら、馬廻《うままわ》りの精鋭は、八十余人まで討ち減らされつつ、東軍の追撃をふりきるため、死にもの狂いに戦う。

追撃した井伊直政は腕に弾丸をうけ落馬する。松平忠吉も銃創をうけ、家康は義弘追撃を断念した。

義弘に従う家来は数十人に減っていた。薬丸壱岐守は、野太刀の技で数知れない敵を斬り伏せていた。

刃こぼれしたわが刀は捨て、戦死者の刀を拾い、獅子《しし》奮迅のはたらきをみせた。薩摩独得の抜きの技は、甲冑《かっちゅう》武者を無防備な股から切りあげるので、すさまじい威力を発揮する。

壱岐守は、朋輩《ほうばい》ら四人で義弘を輿《こし》に乗せ、伊賀の山中を走って堺《さかい》にむかった。輿を担《かつ》ぐ侍たちが、死馬の腿《もも》を小刀で削って食うのを見た義弘が、所望した。

「俺《おい》にも呉《く》いやんせ」

壱岐守は拒んだ。

「俺どま、お殿さあの足でごあんそ。足が動けにゃ、お殿さあはいけんなさい中《も》そ。輿に乗っておっ人が、食いなはっては栄耀《えいよう》というもんごわんそ」

彼は鋸《のこぎり》のように刃こぼれした太刀を腰に、義弘を護衛し、薩摩へ帰国した。

彼は帰国ののち、述懐した。

「俺はまこて生死の場を、抜きの太刀技で切い抜けてき申した」

関ヶ原で、壱岐守たちは諸国の軍勢に薩摩野太刀の冴えを、充分に見せつけた。

東郷重位は京都の禅僧善吉《ぜんきち》に、天真正自顕流の伝授をうけたのち、薩摩に戻り工夫をかさね、示現流を創始する。そののち「抜き」の技を家中の田中雲右衛門《くもえもん》に習った。

元来、示現流には「抜き」の技はない。薩摩国分城下で示現流の声威が広まった頃、田中雲右衛門は重位の手のうちを試そうとした。

月明の夜、他出していた重位は帰宅の途中、石橋にさしかかる。行手から侍が一人歩いてくる。

眼光人を射る顔つきを見ただけで、重位は侍が兵法に練達していると知った。すれちがいざまに、肩口から水を浴びせられるような殺気を感じ、重位は刀を抜く暇もなく、侍を橋下に突き落した。

侍は落ちながらに腰間《ようかん》の刀を鞘走《さやばし》らせ、橋の欄干を切った。橋下は水の涸《か》れた河床であったが、侍は倒れもせず地面に足を踏んばって立ち、瞬間に刀を鞘に納めた。

重位が見下すと、侍は夜叉《やしゃ》のような容貌《ようぼう》もすさまじく見返していった。

「俺が太刀の味わいは、いかがにてごあんすか」

「お前《は》んな、欄干を斬っちょいもんで」

重位があらためると、侍が橋下に投げ落されつつ斬りあげた太刀は、五寸角の欄干に三寸ほども打ちこみ傷をのこしていた。

「重位どんが着物にゃ、刃が触っちょいもさん」

侍は、重位の体に刃をあてず、わざと欄干を斬ったのであった。

「こや、よか腕じゃ。お前《は》ん、名を聞かせっくいやい」

重位は、侍が野太刀術の名人、田中雲右衛門と知った。

二人はそののち交誼《こうぎ》をむすび、重位は抜きの技を習い、田中は示現流の打ち技を習うこととなった。

薬丸壱岐守の孫、刑部左衛門兼陳は、重位の弟子であったが、のちに野太刀の長所をとった薬丸自顕流を創始する。

彼は抜きの達者であった。兼陳が二十歳のとき、江戸詰となった。江戸にむかう途中、京都伏見の船宿に泊った。

しばらく滞在するうち、四、五人の朋輩と洛中《らくちゅう》見物に出向く。四条河原には遊女歌舞伎《かぶき》をはじめ、さまざまな見世物小屋が軒をつらねている。

盛夏の候で、涼を求める人波が、往来を埋めていた。

「ここは何を見せっちくるっとじゃ。孔雀《くじゃく》か」

「そげんものを見てん、仕様《しよ》んなか。相撲を見ようではなかか」

にぎやかな眺《なが》めに眼を奪われ歩むうち、朋輩の一人がいいだした。

「お前《は》んさあ、示現流の達者じゃが、昼日中に衆人のなかで人を斬い棄つっこつがでくっか」

兼陳はこともなげに答えた。

「昼でん、夜でん、敵を斬い棄つっはたやすきことじゃ。したが罪なき者を斬ってはならぬ。そげんこつをいたさば、不仁のそしりを招くばかりじゃ」

朋輩たちは兼陳の返答を聞くと、嘲《あざけ》りのいろを見せた。

「お前《は》んさあ、示現流の打ちはおそろしかと世にもてはやされておっが、まっこて人が斬れ申そうか」

疑ぐりぶかい口をきく者がいた。

兼陳をはじめ、同行していた若侍たちは、まだ真剣勝負の経験がなかった。彼らは国許《くにもと》では径五寸の孟宗竹《もうそうちく》を袈裟《けさ》に斬り、処刑された罪人の体を斬ったことはあるが、わが刀に命を托《たく》し斬りあうのは、どのような気持ちであろうかと、好奇心に駆られる。

上意討ち十九回のほか、真剣勝負にひとしい他流試合をかさねてきた師の重位に、兼陳は戒められてきた。

「わけもなく刀を抜くは匹夫《ひっぷ》じゃっど。かるがると儂が教えし技を使うて、人を斬ったるは、師弟の縁を断つけえにのう。心得ておけ」

兼陳は師の教えを胸中にくりかえし、黙然と歩んだ。

薩摩人は感情の起伏が烈《はげ》しい。彼らは何事かに心を動かされ感情激発して抑えられなくなるとき、蒸気釜《がま》より噴きだす熱気のように、「チェストー」の甲声《かんごえ》が、ほとばしり出る。

彼らの感情がいかに激烈であるかを示す、一例がある。

日露戦争の始まる以前、ロシア帝国皇太子が来日し、島津家を訪問するとの報が鹿児島に伝わったとき、西南戦争で死んだはずの西郷隆盛が、ロシアの軍艦に乗り、戻ってくるとの流言がさかんにおこなわれた。

鹿児島県下では、口角泡《あわ》を飛ばして噂《うわさ》が真実であると説く者が、多かった。

ある男が、客と噂につき議論した。

「西郷どんほどな豪傑が、城山じゃ死んでおい申さん。きっと帰ってきもんど」

客は男の説に正面から反駁《はんばく》した。

「そんこた、あっはずもなか。西郷どんはあの世におらるっとじゃ」

いいあううち男は激昂《げっこう》し、座を蹴《け》って立った。客が待つうち、厠《かわや》のうちより「チエストー」の絶叫が聞えた。

客がおどろき駆けつけてみると、男は剃刀《かみそり》で喉《のど》を掻《か》き切っていた。

文明開化の明治になってさえ、そのような出来事があるほどの、熱しやすい気風の地に育った兼陳である。

疑いの眼をむける朋輩たちに、命《いのち》賭《が》けでわが手のうちを見せてやりたいと、気が激した。

だが、師匠に破門されるのは死より辛《つら》いことである。兼陳ははやる気持ちをおさえた。

遊客がぞめき歩く道をしばらく行くうち、遊俠《ゆうきょう》の群れがあらわれた。当時流行のかぶき者である。

彼らは扶持《ふち》をはなれた牢人《ろうにん》で、徒党を組んで、喧嘩《けんか》、押し借り、辻斬《つじぎ》りなどの悪事をはたらき、思うがままに生きている乱暴者であった。

「おかしか奴輩《やつばら》が来たではなかか」

兼陳の朋輩たちは、刀に反《そ》りをうたせ、まっすぐ向ってゆく。

かぶき者たちは往来狭しと歩み、行きあう者は皆片脇《かたわき》へ避けていた。

兼陳たちは道を譲らなかった。かぶき者たちは腰の刀に手をそえ、まっすぐ向ってくる。向いあうと、かぶき者の棟梁《とうりよう》は眼をいからせた。

「退《の》け、いなか侍めが」

兼陳がまっすぐ進み出た。

相手は嚇怒《かくど》した。

「おのれ、掛かってくるか。ならば斬り棄てるぞ」

かぶき者たちは抜刀した。

棟梁が真向唐竹割りに斬りかかってきた。

「いまじゃ、見ておっがよか」

兼陳はいうなり爪先立ち、腰刀を刃を下に押しまわすなり、右足を大きく踏みだした。

「チエーイ」

甲声《かんごえ》が大気をふるわせ、白熱して真昼の陽《ひ》ざしに、刀身が閃《ひらめ》く。

左膝を地につけた低い姿勢から斬りあげた「抜き」の太刀は、かぶき者の股《また》から左脇腹をそいでいた。

前帯を断たれたかぶき者は、褌《ふんどし》ひとつの素裸で棒立ちとなり、体を左方へ曲げ地面へ叩《たた》きつけられるように倒れた。

牡丹《ぼたん》の花のように口をひらいた疵口《きずぐち》から、臓物が流れ出るさまを見たかぶき者たちは、一瞬立ちすくんだ。

「いまじゃ、走い申そ」

兼陳は血刀を肩にかけ、その場から走り去る。

朋輩たちも履きものを捨て、人混《ひとご》みにまぎれ兼陳につづいた。われにかえったかぶき者たちは、大声で仲間を呼びあつめ兼陳を探したが、どこにも見あたらなかった。

「兼陳の抜きは、さすがじゃ。一太刀で勝負をつけたど」

朋輩たちは兼陳の手並みを褒《ほ》めそやした。

彼らは乱暴者揃《ぼっけもんぞろ》いであるが、単純な性格であるため、兼陳が一刀で敵を倒した事実を眼《ま》のあたりにして、驚嘆するのみであった。

若侍たちは誰も戦場に立った経験はないが、生きた人間を一太刀で斬り殺すのが、どれほど稀《まれ》な例であるかを、祖父や父、兄、年長者から聞いていた。

「生きた人は、一太刀や二太刀じゃ、死なんもんじゃ。槍で七刺しされ、死なんだ者がおっほどじゃ」

戦場を馳駆《ちく》した者の体験から考えると、兼陳の「抜き」の威力は、おそるべきものであった。

「兼陳さあは、よか腕じゃ。あいは男じゃっど」

兼陳は四条河原の斬りあいののち、朋輩の中小姓たちに畏敬《いけい》の眼をむけられるようになった。

兼陳は師の重位から剣の意地を学び、うけついだ。重位の気合の烈しさは、常人には想像もできないほどであった。

重位の居間には格子窓《こうし》がある。三寸の間隔を置き、二寸角（六センチ角）の格子がはまっていた。重位が木刀を格子の間に入れ、「えーいっ」と気合をかけると格子が一本折れた。

「えーい、えーいっ」と二度気合をかければ格子は二本折れ、「えい、えいえーい」と三声かけると三本が折れた。

木刀を動かすわけではなく、気合で格子を折ったのである。

重位が座右へ置き、握りしめる木刀は、指の当る部分が鑿《のみ》でえぐったように凹《くぼ》んでいた。

兼陳は師の気合をうけつぎ、稽古のときになると、相手が立ちすくむほどの、激烈な気合を発した。

彼の気合によって、道場の外の座敷に置いている、肥前焼の分厚い茶碗《ちゃわん》がまっぷたつに割れるので、稽古がはじまると家人が茶碗、花活《はない》けなどを片づけたといわれている。

兼陳の打ちは、師の重位を彷彿《ほうふつ》とさせる厳しいものであった。

兼陳は稽古のとき、切先一、二寸の木刀の先で打ったが、打たれた相手の木刀は折れるか、鑿でえぐられたように凹んだ。

彼は藩主島津綱久に召され、自顕流の意地を問われたことがあった。兼陳は御座の間の炉に茶釜がかかっているのを見て、答えた。

「こん茶釜にたとえ、申しあげ申す。釜に水を入れ、炭火で沸かさば水はしだいに熱うなって、沸いてござい申す。なお炉の火をば燃しつづくるうちには、茶釜は焼け、水も失《う》せて、釜の色は紫から赤に変っちき申す。そんときにゃ、茶釜にさわるものは、何でんかんでん焼きつくされてしまい申す。こん茶釜が自顕流の意地でござい申す」

鹿児島は尚武《しょうぶ》の気風がさかんであった。大人から小児に至るまで、相撲を好むのも、そのあらわれであった。

侍の子供が泣くと、親父《おやじ》が「武士にも似あわぬケチな奴《やつ》じゃ」と叱《しか》りつければ、すぐに泣きやむ。侍の子供が柱に頭を打ちつけ痛むときは、すぐに刀を抜き柱に斬りつける。

　明治初年、他県人が鹿児島へ旅行した際の見聞談がある。

「予、千石馬場にて十歳ばかりの小児に会う。たちまち足を踏みはずして溝《みぞ》に落ちたり。やがて這《は》いあがりしが、泣くべき体《てい》にも見えず、左の手にて刀の鯉口《こいぐち》をにぎり、右の肩を前へ突きだしいからせて、ことさらに威張りて歩み去りたり。その気風とても東京の小児などの及ぶべきにあらず」

　鹿児島の男たちは、激情の発するままにしばしば果しあいをおこなった。彼らは気がみじかく、即戦即決を好む。

　赤穂《あこう》浪士が吉良《きら》屋敷へ討ち入りの噂が鹿児島に伝わったとき、兵児二才《へこにせ》たちは嘲笑《ちょうしょう》したといわれている。

「上方侍は臆病者《やっせんぼ》ぞろいじゃ。なぜ主君が腹を切ればその場で討ちいり、すぐに腹を切いやらんのか」

　鹿児島城下で決闘がしばしばおこなわれるのは、下級藩士たちがきびしい規律を強要されているからであった。

　各方限《ほうぎり》（大字）ごとに厳重な郷中《ごじゅう》（若者宿）の教育をうけ、武士としてのいさぎよいふるまいを強要される青少年武士は、生涯《しょうがい》を閉鎖された社会で送らねばならない絶望感にさいなまれ、ひたすら青春客気のはけぐちを喧嘩口論などの粗暴な行為に見出《みいだ》す。

郷中のうちでは、日々の言行につき賞罰をきびしくおこない、体罰によって死亡者を出すことも、めずらしくはなかった。

罰をうける者を大勢で胴上げにして地面に落し絶息させ、あるいは倒して体のうえに畳を数枚かさね、多人数がそのうえに乗って苦しめる。

木に吊《つる》し、手足を縛るなどはなまやさしい。泥酔《でいすい》させ、前後不覚となった者を敷居の傍《そば》にひきずってゆき、頭だけを土間のうえに出るようにしておき、頭髪をつかみ持ちあげてはなすと、たやすく頸骨《けいこつ》が折れて死ぬ。

ひたすら尚武の気風のみさかんで、うるおいのない生活に身を置く若者たちは、白刃《はくじん》に生命を托した決闘に快を見出すようになる。

鹿児島市中での決闘は、明治になってもさかんであった。西南戦争の直前、鹿児島で久保という青年が伊集院という青年に決闘を申しこみ、斬《き》られて死んだという記録がある。

決闘の原因は、おおかたの場合、稚児《ちご》争いであった。

決闘の場所は、甲突《こうつき》川にかかる玉江橋に近い櫨《はぜ》の木馬場と、天保山砂場にきまっていた。

鹿児島では、決闘を申しいれた者のほうが、勝った例はないというジンクスがあった。真剣勝負には、剣術の力量よりも、精神力が重要である。決闘を申しこまれたほうが、あとへは退けないという覚悟を、決めやすいのかも知れない。

そのジンクスを破った男がいた。西南戦争の際、西郷隆盛の護衛役をつとめた種《たね》子島彦之丞《がしまひこのじよう》である。

彦之丞は十一歳のとき、城下平馬場の相良《さがら》源左衛門に決闘を申しこんだ。相良は二十歳、家中の二才《にせ》であった。

鹿児島藩で兵児二才と呼ばれるのは、前髪取り御免になった十五歳以上の男子である。彦之丞は郷中の長《おさ》稚児であった。

稚児の教育は郷中でおこなわれる。毎朝五つ半（午前九時）から正午までは運動である。走り競《くら》べ、馬追い、跳びくらべ、縄《なわ》飛び、竹刀《しない》の叩きあいなどである。

午後は稚児宿で、四書五経の学習をおこなう。八つ（午後二時）から撃剣の稽古がはじまる。

示現流、薬丸自顕流の稽古をおこなうが、二才が仕太刀《だし》の役をつとめるのである。

二才たちは朝のあいだ、藩校道士館で学問をした。午後からはそれぞれの自宅のある方限の郷中にもどってくる。

相良は郷中の二才として、後輩の指導にあたるかたわら毎日城内御勘定所で事務をとり、年四石の扶持をとっている。

相良は体軀《たいく》長大で、腕力がなみはずれて強かった。郷中のうちでも横暴のふるまいが多い。彼は郷中の長稚児新納という少年に思いをかけ、色よい返事が得られないので怒り、制裁を加え、殺してしまった。その事件が原因で、彦之丞は相良と決闘することになったのである。

相良は新納少年が、町なかで家中の娘と立ち話をしたといい、柔弱の罪で罰した。新納は従妹《いとこ》と道で行きあい、みじかい言葉を交したのみであったが、相良は許さなかった。

相良は新納を板間に正座させ、右手に水を満たした大丼《どんぶり》、左手に火を点じた線香を持たせ、読書をさせた。

「汝《わい》は動いてはいかん。動かずに読め」

手がくたびれてきても、丼を下に置いてはいけない。

相良は新納のまえに坐《すわ》って見張りをする。新納は必死に丼を支え音読をするが、線香はしだいに燃えつきてきて、指先を焼く。

新納は脳天まで突き抜けるような疼《うず》きを堪《こら》えようとして、体に力をこめ、思わず右手の丼の水をこぼした。

「汝《わ》や、水をこぼしたな。胴上げじゃ」

相良は稚児たちを呼びあつめた。

「一滴につき、胴上げ一回じゃっど。こいを見よ。水は五滴こぼれておっ。胴上げ五回じゃ」

稚児たちは、やむなく新納を胴上げにする。

「もっと放《ほう》りあげよ。力を入れぬ者は、新納同様、胴上げをしてやっど」

新納を放りあげる手に、力がこもった。

狂暴な相良に憎まれると、どのような目にあうかも知れない。相良の掛け声で投げあげる手が引かれ、新納少年は床に落ち、頭を強打する。

「二回めじゃ、さあやれ」

稚児たちは新納をふたたび胴上げにし、床に落した。

新納少年は鼻血を出した。顔色蒼《あお》ざめ、一瞬意識が薄れたのが、床に手をつきようやく立ちあがった。

「それ、三回めじゃ」

相良が掛け声をかけたとき、一人が反対した。

「俺《おい》はこげんこつはやいとうなか」

反撥《はんぱつ》したのは、種子島彦之丞であった。

「なんじゃ、なんでんやいとうなかか。俺の指図が聞けんとか」

「そじごあんそ。お前さあのやいなはっ事は、弱い者いじめでごわはんか」

相良は激怒した。

十一歳の稚児に、正面から批判されたのである。

「よか、汝もこやつのあとで、胴上げにしてやっど。待っちょれ」

彦之丞は、茫然《ぼうぜん》と立っていた。

彼は相良の行為が許せなかった。郷中は、親の力も及ばない場所であった。そこで制裁をうけて殺されても、親は抗議できない。

「俺は今日、ここで殺されるっかも知れん」

彦之丞の背筋を、恐怖が水のように走った。

彼の見るまえで、新納少年は三度投げあげられ、床に落されると、意識を失った。

「おい、眼《め》をさませ。死んだふりをやっておっじゃろ。さあ起きよ」

相良がゆすぶると、新納少年の耳から血が流れ出た。

相良は瞼《まぶた》をあけてみて、新納少年が白眼を剝《む》いているのを知り、制裁をやめた。

「新納どんな、死んだぞ」

稚児たちは泣き顔になった。

彦之丞は恐怖を忘れていた。憤怒に全身が燃えたっている。彼はわが体より倍も大柄な相良のまえに、進み出た。

「相良どんよ、俺《おい》はお前《は》んと果しあいばやいたか」

「何じゃと、汝《わ》や、夢を見ておっじゃなかか」

相良は彦之丞をいきなり、突きとばそうとして、やめた。

薩摩隼人《はやと》として、決闘の申しこみをうけたときは、受けねばならない。

「よか、汝や死んでんよかな」

彦之丞はうなずいた。

「よかじゃ。明日の明け六つ（午前六時）、櫨の木馬場じゃ。遅れずに来いやんせ」

彦之丞は、いいはなった。

郷中は二つの出来事で、沸きかえった。新納少年は制裁によって殺され、自宅へ戸板で運ばれた。

十一歳の彦之丞が、二十歳の相良に果しあいを申しいれたという、おどろくべき事実は、たちまち城下に知れ渡った。

彦之丞は家に帰り、両親に事の次第を告げた。母親は動転したが、父親は、聞いた。

「お前《ま》や、体が小《ち》んけえ。どん刀を使うかや」

「父《とと》はんの波《なみ》ん平《ひら》を、私《あたい》貸したもわんか」

「よか」

彦之丞は刃渡り二尺一寸の波の平の銘刀を、父から借りうけた。

「抜きん稽古《けこ》を、いたしておけ」

彦之丞は、裏庭で抜きのひとり稽古をした。

子供ながら、撃剣稽古に精だしているので、太刀先はするどかった。父親は物蔭《ものかげ》からそのさまを見て、涙を催した。

成人すれば、立派な武士になる息子を、むげに死なせるのが惜しく、気も狂わんばかりであったが、表情には心の乱れを見せない。

彦之丞は子供であるだけに、邪念がなかった。彼はこのまま郷中に通えば、新納少年のように殺されるだろうと考える。

おなじ殺されるなら、憎い相良に一太刀でも酬《むく》いて死にたかった。夜の闇《やみ》のうちでひとり刀を振《ふる》うち、彦之丞の念頭から生死の観念がうすらぎ、やがて消えた。

彼は相良の体を宙にえがき、股《また》をめがけ「抜き」の刃を斬りあげる。薬丸道場で教えこまれ、自習によって磨《みが》きをかけた技が空転しないよう、右足の踏みこみを深くすることのみ、こころがけた。

寒桜が散って間のない季節であったが、湿気のつよい鹿児島では、刀を振うちに汗が背筋を流れる。

彦之丞は一刻《とき》（二時間）ほど「抜き」の稽古をすると、体力を使いはたし、風呂《ふろ》を浴びたあと恍惚《こうこつ》として床についた。

翌朝、母親の心づくしの朝餉《あさげ》の膳《ぜん》につく。父親が教えた。

「果しあいのまえに、何も食わねば動けぬ。というて食いすぎてん動けぬ。腹六分ほどに食うがよか」

波の平は、父親が夜のうちに充分に寝刃《ねたば》をあわせ、目釘《めくぎ》をととのえ、柄《つか》に真田紐《さなだひも》を隙間《すきま》もなく巻き締めておいてくれた。

食事を終えると、父親が彼の腰に力帯を巻く。彦之丞は波の平を両手にとり、拝して身に佩《お》びた。

「抜きは気合じゃ。きっと相手を斬い棄つっとの気合がこもっておれば、やいそこないはせんものじゃ」

彦之丞は、神棚《かみだな》を拝したあとの、父の教えが心に沁《し》みた。

家を出るとき、両親は門前まで見送った。表の道には、親戚《しんせき》、友人が多勢待っていた。彼らは口々に激励しつつ、彦之丞をとりかこみ、櫨の木馬場へむかった。

「お前や、おちついてやれ。きっと勝つっど」

「相良ん足ば、斬っ払うがよか。お前や小柄じゃ。下を狙《ねら》え、よかじゃな」

彦之丞は、死ぬ覚悟をきめていた。

子供の考えは一途《いちず》である。いったん思いきめると、迷いがなかった。

彦之丞に反して、相良の立場は苦しかった。彼が郷中で横暴をはたらいていた噂《うわさ》は、すでに広まっている。そのうえ、子供に決闘を挑《いど》まれたので、同輩、上司に軽侮の眼をむけられていた。

「お前《ま》ん、まっこてそげん小さか子と斬いあうつもいか」

相良は朋輩に聞かれ、やむなく答える。

「仕様んなか、棟打《むねう》ちでん食わせ、命は助けてやいもそ」

勝って当然の決闘にのぞむ、相良の足どりは重かった。

櫨の木馬場に着いたとき、果しあいの場をとりかこむ、見物の多さに、相良の気持ちは更に滅入《めい》った。

彼はさきに到着していた彦之丞を見て、闘志を失う。あらためていかにも小柄な子供であると感じたからである。

彦之丞は、ひきずるような大刀を腰にしていた。棟打ちよりほかはないと、相良は刀を腰に差し、床几《しょうぎ》から立ちあがる。

彦之丞は右手を刀の柄に置き、「抜き」の構えを見せた。小癪《こしゃく》な奴だと、相良は進み出る。彼は刀を抜かなかった。彦之丞よりさきに抜く気がしない。

撃尺《げきしゃく》の間合《まあい》に踏みいろうとしたとき、小さな彦之丞の体が、さらに小さく、地面にへばりついたような気がした。足を大きく踏みこんでいる。

あぶない、と思ったとき、相良の股から臍《へそ》のうえへかけ、赤熱した鉄棒を当てられたような疼痛《とうつう》が電撃のようにひろがり、わが声とも思えない悲鳴が喉《のど》からほとばしり出た。

彦之丞の抜きの太刀が、彼の体を斬り裂いたのであった。

念流手の内

慶応三年（一八六七）二月はじめの晴れた朝であった。

京都醒《さめ》ヶ井《い》通り七条の新選組屯営《とんえい》に、ひとりの若侍がたずねてきた。

七条屯営は一町四方といわれる宏壮《こうそう》な構えであった。大玄関の前庭に、白梅、紅梅が満開で、うるおいを帯びた風が、かすかな芳香を運んでくる。

応対に出た平《ひら》同士が、若侍から名刺をうけとった。

「拙者は上州館林《たてばやし》浪人、渡辺源四郎という者です。このたび新選組に入隊し、国事に奔走いたしたく思いたち、おたずねして参ったものです。こちらには私の知人がご厄介《やっかい》になっているはずですが」

「どなたでござろう」

「拙者とおなじく館林浪人の、瀬山瀧人《たきと》という者です」

「あいわかってござる。少々お待ち下さい」

平同士は奥へはいり、土方《ひじかた》副長に知らせた。

「ただいま、玄関にかような者が参っておりますが、入隊を望んでいるものの、瀬山瀧人の知人であったと申しています」

「なに、瀬山か」

土方歳三《としぞう》は文机《ふづくえ》に置いた名刺にむけていた眼《め》をあげた。

瀬山瀧人は、たしかに新選組にいた。だが、半年ほどまえに脱走の罪によって隊内で殺害されていた。

彼はかねて新選組内部で尊攘《そんじよう》をとなえ、まもなく十数人の同志をともない脱退する、伊東甲子太郎《きねたろう》一派と親しかった。

剣術は甲源一刀流を遣い、実戦では度胸のすわった進退をみせるので、近藤の気にいられていたが、突然脱走の挙に出たため、隊規に従い処断されたのである。

「瀬山の知りあいだと名乗ってきたのなら、悪気があってのことではないだろう。まあいい、通してみろ。俺《おれ》が会ってやる」

平同士は玄関に戻り、渡辺源四郎に告げた。

「台所ですすぎをとっておあがり下さい。土方副長が面会いたすとのことです」

渡辺は足を洗い、衣紋《えもん》を正して平同士につづいた。

紋付割羽織に、茶縦縞《たてじま》馬乗り袴《ばかま》をつけた渡辺は、痩《や》せているが背がたかく、五尺八寸はあるように見える。手足も大きい。

――こやつは強そうだな――

案内の平同士は、後につづいてくる足音を聞きながら、考える。

渡辺は顔が映るほど磨《みが》きたてられた広い廊下を、まっすぐ奥へ歩みつつ、両側の座敷に眼をやる。

十畳敷から二十畳敷の部屋には、隊士の身の廻《まわ》りの品、刀槍《とうそう》、鉄砲などの武器が置かれていた。

逞《たくま》しい体格の隊士が五、六人、談笑しながら刀の手入れをしている光景も、眼についた。

――京都の新選組屯営は、大名屋敷のような構えだと聞いたが、その通りだ。これなら、立派なものだ――

上州のいなか町から出てきた源四郎には、京都の雑踏が眩《まぶ》しく眼に映った。

――江戸の町は大きいが、やはり京都はなんといっても皇都だからな。町の眺《なが》めがおちついている――

彼は同藩の出身者である瀬山瀧人を頼って、新選組に入隊し、直参《じきさん》にとりたてられ出世のいとぐちをつかもうと考え、はるばる京都までやってきたのである。

源四郎は瀬山とおなじ館林藩の徒士《かち》組で、五石《こく》二人扶持《ぶち》をうけていた。だが近頃《ちかごろ》の物価騰貴《とうき》で、内職をしつつ食いつないでゆく暮らしに愛想がつき、独り身であるのをさいわい、太くみじかく世渡りをしようと思いたち、脱藩したのである。

平同士は、障子を閉めきった座敷のまえにくると、廊下に端座して声をかけた。

「ただいま、渡辺氏をお連れいたしました」

「うむ、はいれ」

低いが響きのある声がした。

十畳間の中央に大きな文机を置き、土方が脇息《きょうそく》にもたれていた。机上に源四郎の名刺が置いてある。

黒縮緬《ちりめん》の上着に呉絽《ごろ》袴をつけた土方は、三十前後の年頃に見えた。ゆたかな総髪を背に流し、顔色は蒼白《あおじろ》いが、繊細な目鼻だちの美男子であった。

「君は、館林家中で瀬山の朋輩《ほうばい》だったのか」

「そうです」

「瀬山はもう新選組にはいない」

「それはまた、いかなるわけでござりましょう。脱隊したとは意外なことです」

眼をみはる源四郎に、土方はそっけなく告げた。

「瀬山は、脱走したので捕縛し、死なせたよ。隊規に従ったまでのことだ」

源四郎は顔色を変え、腕を組んだ。

「どうした、君も入隊は思い直すか。いまなら勝手だ。いったん入隊すれば、勝手なことは許さないがね」

「入隊をお願いいたします」

源四郎は、畳に手をついた。

「瀬山がいかなる仔細《しさい》あって脱走したのかは分りませぬが、拙者はこのまま江戸に帰ったところで、食うあてもありません。隊務に精励いたすゆえ、どうか入隊をお許し願います」

土方は笑った。

「では、しばらく仮同士の座敷で休息しているがいい。隊長にお伺いしてみよう」

源四郎は平同士にともなわれ、玄関脇《わき》の大部屋に戻った。

二十畳の部屋の隅《すみ》に仮同士が一人、積みかさねた布団《ふとん》にもたれ、青表紙に読みふけっている。傍《そば》で二人が刀の手入れをしていた。

源四郎は入口脇の障子際《ぎわ》に坐《すわ》り、丁子油《ちょうじあぶら》を塗っている刀身になにげなく眼をやると、相手と眼があう。

「貴公、どこからきた」

「上州館林です」

「ほう、俺は江戸だ」

「江戸でなにをしていたのですか」

「北辰《ほくしん》一刀流千葉道場にいた」

「ではお玉ヶ池か。助教でもやっていたのですか」

男は笑った。

「助教をやっていて、わざわざ京都までくるか。しかるべき指南役の奉公口でも探すさ。俺は目録免許だ」

「それでもたいしたものだ。その刀はずいぶん刃がこぼれていますね。人を斬《き》ったヒケのようだ」

「うむ、昨夜四条橋下で一人斬った」

「市中取締りの役儀によってですかね」

「いやちがう。新選組では、反抗の甚《はなは》だしき者あらば、適宜斬殺《ざんさつ》するも可、とされているが、人を斬らねばならぬときは、役目のときだけとはきまってはいないのだ」

仮同士は朋輩と視線をあわせ、片頰《かたほお》に笑みを刻んだ。

「貴公も入隊すれば分ることだが、五カ条の局中法度《はっと》というのがあってな。そのなかに、士道に背くまじきこと、という一カ条がある。これがなかなか厄介だ。道端《かど》で売られた喧嘩《けんか》を買わずに帰ったことが知れたなら、呼びだされて士道不覚悟の廉により、切腹させられるのさ。だから、喧嘩を買い、ゆきずりの者を斬ることにもなる」

傍にいる二人の仮同士が、乾いた笑声をたてた。

彼らの眼は血走り、異様にすわっている。

「貴公も仮同士になれば、腕前を見られるさ。役に立たない奴《やつ》は、入隊できぬ。もっともそのほうが長生きできるかも知れないがね」

仮同士たちは顔をみあわせ、うなずきあう。

土方副長は、局長室で近藤勇と話しあっていた。

「本人には別段悪気もないようだが、瀬山の朋輩だった男ということになると、入隊させないほうがいいと思いますがねえ」

近藤はためらうようであった。

「瀬山もたしかな太刀筋だったが、その男も遠路を京都までやってくるほどだから、腕が立つかも知れぬ。まもなく伊東たちが脱退するから、組の人数も減る。しばらく仮同士として様子を見たらどうだ」

「ではそうしましょう」

伊東甲子太郎は新選組参謀として在隊していたが、一味十五人を連れ、まもなく新選組と袂《たもと》を分つことになっていた。

分離する表面の理由は、薩長《さっちょう》両藩に接近し、その内情を探索して新選組に情報を流すためとしていた。

だが、内実は朝廷に孝明天皇御陵衛士という役を拝命できるよう、はたらきかけている。

新選組は最盛期には二百五十人をこえる隊士を擁していたが、いまでは百五十人を割りこんでいた。

内部の組織は隊士五人につき一人の伍長《ごちょう》を置き、十二人を一隊として一人の組長を置く。一番隊から十番隊までが組織され、諸士取調役兼監察、勘定役がほかにいるが、洛中騒擾《らくちゅうそうじょう》をきわめるなか、人手は一人でも欲しい。

「道場へ連れていって、手のうちを見るか」

近藤と土方は立ちあがった。

渡辺源四郎は望みが叶《かな》い、仮同士に採用された。近藤と土方は、彼を道場へ呼びだし、径三寸の青竹を斬らせてみて、手のうちをたしかめたのである。

源四郎は、八十畳が敷けるという広々とした道場の中央に、木馬に据《す》えられた青竹が立っているのを見ると、わずかにうなずいた。

「渡辺君、これを斬りたまえ」

径三寸の竹は、道場稽古《げいこ》をつんだ者でもたやすくは斬れない。竹刀《しない》は丸いので、弦を背にして打《ぶ》ったたけば、一本がとれる。だが刀は刃筋が立っていなければ、巻藁《まきわら》でさえ斬りそこなう。

また、やわらかくふりかぶり、斬る瞬間に手元へ全力を集中する、「手の内の締り」がきいていなければ、やはり斬れない。

「ほう、肥後拵《ごしら》えだな。いい刀だ。相州物かね」

近藤が聞く。

「抜いて見せてくれないか」

源四郎が抜きはなった。

「無銘ですが、関物《せきもの》ということです」

「うむ、切れ味がよさそうだな」

近藤は、源四郎の挙措が気にいっている。

腰がすわり、手足の動作がのびやかで、眼光がするどい。

近藤と土方は、源四郎の刀の切先三寸の物打ちどころが、わずかに磨《す》りあげられていて、しかも入念に寝刃《ねたば》があわされているのを見逃さなかった。

――この男は、人を斬ったことがあるようだ。敵持ちかも知れぬ――

土方は心中でうなずく思いである。

径三寸の竹を斬り損じると、刀身は斬りこんだままでは停《とま》らない。くの字をえがいて竹を削りとり、膝元《ひざもと》へ飛んでくる。

未熟者は、刀を宙で停めることができず、前に出した右膝の皿を切り払うことになる。

近藤と土方は、黙って見守る。

源四郎は、二尺五寸はあると見える大業物《おおわざもの》をいったん鞘《さや》に納め、竹にむかい五間の距離を置くと、摺《す》り足で迫った。

源四郎は柔軟な動作で刀を抜きはなち、頭上で左手をそえ、竹を右袈裟《けさ》に斬ると、すぐに刀身を返し左斜めうえに斬りあげる。

――燕返《つばめがえ》しだな――

近藤たちは息を呑《の》む。

袈裟に斬りおとした竹と、斜めうえに斬りあげた竹が、ひとつになって床に落ちる。源四郎の動きはとまらず、左一文字斬りに払った刀身を返し、右一文字斬りをあざやかに放った。

四度斬られた竹は、木馬のうえに六、七寸残って立っていた。

「見事だ、こんな芸はひさしぶりに見たぞ」

近藤が声をたかぶらせ、土方がうなずいた。

「よかろう、君は今日から仮同士だ。そのうち折りをみて、平同士にしよう」

土方にいわれ、源四郎は頭を下げた。

「かたじけのうござります」

「ところで、水もたまらぬ斬れ味だが、君の剣術の流儀は何流だ」

「念流です」

「そうか、それで腰を落すわけがわかったよ。道場はどこだ」

「馬庭《まにわ》村の樋口《ひぐち》道場で稽古をいたしましたが」

「なるほど、念流の宗家だな。免許皆伝を頂戴《ちょうだい》したかね」

「いえ、目録免許しか許されておりませぬ」

「年齢《とし》は幾つだね」

「二十二歳になります」

「そろそろ技に脂《あぶら》ののりかける頃だ。隊務に精励するとともに、撃剣稽古にもはげみたまえ」

「さようにいたします」

近藤と土方は、部屋へ戻る途中で感想をいいあう。

「あれは使いものになりそうだな」

「念流だから、道場稽古は下手だろうが、斬りあいには強そうですよ」

翌日から、源四郎は一番隊に属した。一番隊組長は沖田総司《そうじ》である。

「貴公はこれを担《かつ》いでくれ」

沖田は最初の市中見廻りのとき、源四郎に槍《やり》を担がせた。

屯営から三条大橋の町会所まで歩き、帰途は五条通りにまわって帰ってくる。

古参の同士が教えてくれた。

「一番隊総出の見廻りは、勤皇屋たちを威《おど》すためにたまにやるだけのことだよ。もっと小人数で裏道を歩くほうが、いろいろのことに出くわすものだ」

彼のいう通り、翌日から源四郎は古参隊士二人に同行し、市中巡邏《じゅんら》をおこなう。

「渡辺君、これは当座の小遣いだ。とっておきたまえ」

沖田が源四郎に一両小判をくれた。

源四郎はいきなり大金を貰《もら》い、おどろく。

古参の平同士が笑って教えた。

「入隊した当初は、月一両の小遣いをもらえば使いみちがないものだが、そのうちに足りなくなる。そうなれば、いろいろと工面のしかたを覚えるものさ」

撃剣稽古は毎日朝二刻《とき》（四時間）ほどもおこなわれる。

命をかけての斬りあいをしなければならない男たちの稽古は、すさまじい。双方睨《にら》みあい、遠間《とおま》からの一撃で勝ちを決めるような、悠長《ゆうちょう》な戦法は誰もとらない。

師範役は土方、沖田、永倉新八、島田魁《かい》、大石鍬次郎《くわじろう》、吉村貫一郎たちであった。

土方は、一瞬の休みもなく畳みかけてゆく近間《ちかま》の攻撃をとるよう、隊士たちにすすめる。

「いいか、命をかけての斬りあいでは、相手の様子をうかがってる暇なんぞはねえんだ。打って打って打ち崩すよりほかに、戦法はないと思え」

彼は稽古がはじまると、道場のなかを歩きまわり、隊士を叱咤《しった》する。

「なにをしているんだ。貴様、気合のかからない稽古をする奴があるか」

土方は気を抜いた立ちあいをする平同士を見つけると、馳《か》け寄って竹刀で頭の後ろを力まかせになぐりつけ、足搦《あしがら》で投げとばす。

「なまくらな野郎は、出ていけ。いいか、ここは道場じゃねえ。斬りあいの場だと思え。敵に先手をとられりゃ、手前の頭にざっくり白刃《しらは》を斬りこまれる。腕や足が飛んじまうんだぞ。死にものぐるいにあばれても、運がよくて腕のいい者だけが生き残れるんだ。皆、死にたくなけりゃ、根かぎり稽古をしろ」

源四郎は、防具をつけての稽古は苦手であった。

他の者は爪先立《つまさきだ》ち、膝で調子をとりつつ飛びこんでいって打つが、彼は腰をおとし、踵《かかと》をつけたベタ足で、しかも上体がまえに出ている。

「なんだ、この構えは。まるでひきがえるじゃねえか」

調べ役の大石鍬次郎が、はじめて源四郎の構えを見て、あざ笑った。

土方が源四郎をかばうようにいった。

「渡辺は念流だから、防具をつけての稽古には馴《な》れていないんだから、そのつもりで相手をしてやることだな」

大石は、源四郎を招いた。

「では、一度俺の相手をしてくれ。念流の太刀さばきってのは、凄味《すごみ》があるっていうからな」

やむをえないと、源四郎は応じる。

念流は古流兵法《ひょうほう》であるため、防具といえば、頭に布団《ふとん》をつけ、紙こよりの籠手《こて》をはめるのみである。

実戦には胴を斬ることは稀《まれ》であった。胴を斬ると、敵に頭へ打ちおろされ、相討ちになるからである。

竹刀は鍔《つば》のないふくろ竹刀である。刀を上段にふりかぶることはめったになく、柄頭《つかがしら》が乳の高さにきて、剣尖《けんせん》が相手の額にあたるほどの高めの中段青眼《せいがん》が、上段にかわってよくつかわれる。

新選組で指折りの暗殺の名人といわれる大石鍬次郎は、北辰一刀流の軽い太刀さばきであった。

彼は源四郎とむかいあうと、下段青眼にとる。

「さあこい、何本勝負でもいい。気合をかけてかかってこい」

道場にいる隊士たちは、源四郎の技を見ようと稽古をやめる。

仮同士がはじめて腕前を披露《ひろう》するときにかぎり、他の隊士は稽古をやめ、見物しても土方に叱《しか》られない。

源四郎は、奇妙な構えを見せた。竹刀を体と平行に立てて、まえに突きだす。鍔元はみぞおちの前に位置し、剣尖は右肩のうえにつきだし、刀身をななめにしている。

腰はおとして後ろに引き、足はガニ股《また》である。上体はのめるようにまえにつきだし、床をすべらす送り足ではなく、ゆっくりと足をあげては踏みしめてゆく。

「やはり、ひきがえるだな」

大石が面のうちで嘲笑《ちょうしょう》した。

近藤がいつのまにか、道場正面の上段の間にあらわれていた。

源四郎の姿勢は、前後への移動ができにくく、頭の守備ががら空きであった。

「これはいけねえ、身の軽い大石さんに三段打ち、四段打ちで面を攻められりゃ、もろにやられる」

「うむ、念流っていうのは、あんなに変った構えをとるのかね。これは、とても大石氏《うじ》の敵ではないぞ」

隊士たちが私語をかわし、ざわめく。

「そりゃそりゃああ」

大石が、道場をふるわせる気合を放った。

「きいゃあああっ」

源四郎がしぼりだすような声を放った。

大石は一歩踏みこむと、跳躍して源四郎の面上に一撃を放った。

見物の隊士たちは、これで一本が決ったと思ったが、試合は妙なぐあいに展開した。大石の竹刀を源四郎がうけとめたのである。

ただうけたのではなく、前傾の姿勢で全力をふりしぼり、大石の竹刀を左方へ押してゆく。

大石は竹刀をひきはずし、飛びさがろうとするが、源四郎がおそろしい力で押してくるので、身をひくと腰がくだけあおのけにひっくりかえってしまう。

やむをえず、大石は押される竹刀を、全力をふりしぼり、体をふるわせつつ押し戻してゆく。

源四郎は、右のほうへ押し戻させておいて、大石の左側になっていた竹刀を、突然右側に組みかえ、右へ押し倒そうとする。

大石はあわてて竹刀を元のように組みかえようとするが、源四郎は巧みに防いだ。

大石は竹刀を押し落されかけた。真剣勝負であれば、源四郎の刀で押し斬りに斬られるか、一気に突かれるであろう。

彼は死力をふりしぼり、両手をふるわせ源四郎の竹刀を押し戻してゆく。ほかに手はなかった。源四郎が凄い力で絶えず前にも押しているからである。

大石は知らなかったが、源四郎が腰をおとした姿勢で、遮二無二《しやにむに》押してゆく動作は、長年の鍛練によってできあがったものであった。

念流では腰をおとした構えを強固なものにするため、竹刀を青眼にとり、右足をまえに踏みだした姿勢のまま静止して、背中に大人一人を乗せ、左足のふくらはぎを片足で踏ませ、揺すぶらせるのである。

慣れない者は、たちまち転倒するが、稽古をかさねるうちには、どれほど揺りたてられても倒れなくなる。

それほど強固な足腰で、踏みしめ踏みしめ前進してこられるので、大石は飛びさがれず、左右に押し伏せられようとする竹刀を、押しもどそうと甲斐《かい》ない努力をくりかえすのみであった。

近藤、土方をはじめ、道場にいあわせる者はすべて息を呑み、見守っているばかりである。

面金《めんがね》の奥から、大石の嵐《あらし》のような呼吸が洩《も》れてくる。源四郎は大石の力が尽きるのを待つかのように、右から押されてくる竹刀が左へ寄ったのを見はからい、鍔元をひねって組みかえ左方へ押す。

大石は何の策もなく、こんどは源四郎の左方へ竹刀を押し返す。

おなじことを幾度かくりかえしたのち、源四郎が絶叫のような甲声《かんごえ》をはりあげ、大石の面に煙の出るほど強烈な打撃を見舞った。

大石はよろめき、板間に尻《しり》もちをつき、しばらくして四つん這《ば》いになって起きあがった。

土方が近寄って聞いた。

「渡辺君、いまのは何という技だ」

「そくい付けと申します」

そくいとは米糊《こめのり》のことである。

「いかさま、いい得て妙だな」

土方は笑った。

近藤が上段の間から声をかけた。

「渡辺君、眼福《がんぷく》をいたしたぞ」

平同士になった渡辺は、三月はじめの夜、三条縄手《なわて》で大石鍬次郎ほか二人の古参同士とともに、尊攘浪士と斬りあった。

物蔭《ものかげ》から突然襲いかかってきた敵は、ただ一人であった。

「こやつは薩人だ。斬りすてろ」

大石が叫び、彼と二人の同士が刀を抜き、迫った。

「渡辺は見ておれ」

大石の命令で、源四郎は刀をおさえ、様子を見守る。

「チェーイ、きゃあああっ」

薩摩浪士は、風を捲《ま》いて襲いかかってきた。

源四郎は、敵の刀法に目を奪われる。左右の打ちこみばかりを、つむじ風のような出足でかさねてくる。

同士の一人がたちまち刀をはねとばされ、額際に斬りこまれて倒れる。つづいていま一人も、受けた刀の棟《むね》をわが右肩にめりこませ、二度めの打ちこみで左肩をふかく斬られて血しぶきあげ、地に沈んだ。

暗殺の名人大石鍬次郎は、敵のすさまじいいきおいに胆をうばわれた。複数で一人の敵を倒すのに慣れた新選組の攻撃が、簡単にはねかえされたのである。

「渡辺、頼むぞ」

大石は悲鳴のような声をあげた。

渡辺の腕を見込んで連れてきたおかげで、彼は危うく死をまぬがれた。

薩摩浪士は、刀を八相《はっそう》よりも高いトンボに構え、摺り足で迫ってきた。

源四郎はそくい付けの構えになり、力をふるいおこすため、能面のべしみのように顔をひきゆがめ、尾をひく奇怪な唄声《うたごえ》のような気合を発した。

薩摩浪士は一瞬ふしぎなものを見る目付きになったが、たちまち突進してきた。

「チェエーイ」

源四郎のひきがえるのような構えにひき寄せられるかのように、敵は彼の頭上へ刀を打ちこみ、二度とはずすことのできない穽《おとしあな》に落ちたのである。

天に消えた星

桐野利秋《きりのとしあき》が中村半次郎と名乗っていた青年期、西郷隆盛に直属する密偵《みってい》としておおいにはたらき、「人斬《ひとき》り半次郎」の異名を得たことは、ひろく知られている。

半次郎は天保《てんぽう》九年（一八三八）十二月、鹿児島吉野村実方《さねかた》に生れた。父は与右衛門兼秋、母は同郷の別府九郎兵衛の娘スガ子である。

与右衛門は食禄《しょくろく》わずかに五石《こく》、家格は藩士のうちでもっとも低いお小姓組であった。半次郎は四人きょうだいの次男であったが、幼時から武芸を好む。

彼は伊集院鴨居《かもい》の門に入り、示現《じげん》流を学んだことがある。鴨居は薩藩《さつぱん》御流儀示現流宗家、東郷家の親戚《しんせき》で、達人の名が高かった。

半次郎は、ひととおりの技の手ほどきを父からうけたのち、本式に腕にみがきをかけるため、鴨居の門人となったのであろう。

彼のような極貧の軽輩は、島津家師範役である東郷実位《さねたか》の道場へは、足踏みできなかった。鴨居の道場へも、束脩《そくしゅう》の都合をもつけがたい半次郎が、ながく通ってはいなかったはずである。

彼は習いおぼえた太刀遣いを、もっぱら庭前の樹木を打撃するひとり稽古《げいこ》で、熟練した。天正のむかし示現流流祖東郷重位《しげたか》も、京都天寧寺の僧善吉《ぜんきち》より、天真正自顕《じげん》流の伝授をうけたのは、わずか半年のあいだであった。

重位は薩摩に戻ったのち、伝書をひもとき、朝に三千回、夕に八千回の立木《たてぎ》打ちの稽古をかさね、流儀をわがものとし、あらたに示現流を創始した。

幕末の薩摩では、城下士、郷士をとわず、示現流の立木打ちのひとり稽古をさかんにおこなっていた。稽古場には莚《むしろ》を垂らし、町びとの目を避けてはげしい打ちこみをくりかえす。

夕方立木をうちはじめ、夜もすがら打ちつづけて暁天に及ぶ激しい鍛練をする者も、めずらしくない。

町角、村の辻《つじ》にはユスの木でつくった打ち棒をそなえた小屋があり、誰でも自由にその場で稽古ができる。

半次郎は、自分の青春の情熱を、立木打ちで燃やしつくそうとした。彼の打ちこみは、軒先から落ちる雨垂れを地面につくまでに三度斬るという、迅速なものとなった。

た。

文久二年（一八六二）、二十四歳の半次郎は、島津久光に従い上洛《じょうらく》して、青蓮院宮《しょうれんいんのみや》の身辺警護の役をつとめるようになる。

薩藩重役小松帯刀《こまつたてわき》が彼の胆力、剣技をみとめ、薩藩密偵として用いるのは、そののちのことである。半次郎は西郷吉之助にも信用され、長州へ国状探索に派遣された。

西郷のふところ刀として活躍をはじめた半次郎が、人斬りの名をたかめたのは、密偵として東奔西走していた頃《ころ》である。

だが、半次郎が実際に誰を斬ったという事実は、ほとんど残されていない。彼の伝記は、西南記伝に記されるものがただひとつあるのみで、そこには彼の密偵としての冒険譚《たん》がなにひとつ語られていないのである。

ただ、友人の有馬藤太が晩年に語った談話のなかに、幕末波瀾《はらん》のなかに生きていた、半次郎の姿が、彷彿《ほうふつ》と浮かんでいる。薩藩有数の「斬《き》い手」としての彼の行動を、有馬藤太との交遊のうちに辿《たど》ってみたい。

有馬藤太は天保八年（一八三七）七月生れであるから、半次郎より一歳年長である。彼の父も藤太といい、砲術師範方《かた》をつとめていた。

半次郎の生家よりはるかに格のたかい、城下士の家に生れたわけである。彼も成長するにつれ、剣術稽古にはげむ。はじめは示現流の門に入ったが、十三歳で、示現流、その分派の薬丸自顕流のどちらでもない、飛太刀《ひだち》流という古流の師範、小野強右衛門《ごうえもん》の弟子となり、十九歳で師範代となった。

安政二年（一八五五）、主君御細工所の下目付となる。安政五年から万延元年（一八六〇）までの三年間は、イギリス人の入寇《にゆうこう》警備を仰《おお》せつけられ、大島郡宇検《うけん》という土地に守衛に出向く。

当時西郷隆盛は大島の赤木名《あかぎな》に流罪人《るざいにん》として滞在し、たまに名瀬港に出てきていた。有馬藤太はそこで西郷と知己になった。

藤太は文久元年（一八六一）、二十五歳で横目役に在職のまま、お徒《かち》小姓となり、京都の藩屋敷に詰めるようになる。

文久三年（一八六三）末、国元に事件がおこり横目役として帰国するまで、京都で半次郎と一年余を朋輩《ほうばい》として過ごした。

藤太が半次郎とつきあうようになったのは、その前後からである。

藤太は語っている。

「桐野と私とはもっとも親しかった。西郷先生は、桐野と私とを一番かわいがられた。どんな秘密の事件でもたいていは私どもにお知らせになったが、私の秘密厳守主義を非常によろこんでおられた。剣術は桐野のほうが多少上だったが、文書は私がすこし上だった。ある日、座敷からそとを眺《なが》めていると、見知らぬ青年がやってきた。初対面の挨拶《あいさつ》で、これが桐野利秋、いや中村半次郎だということを知った」

半次郎は郷士ではあるが、城下の侍たちのあいだに名が聞えていた。

彼は城下にくると、両刀を閂《かんぬき》差しにし、肩をそびやかして、傍若無人に往来を横行闊歩《かつぽ》してはばからなかった。

血の気の多い城下の若侍が、半次郎の眼障《めざわ》りな物腰を見逃しておくわけはなかった。あるとき、石見《いわみ》半兵衛という名うての乱暴者《ぼっけもん》が、半次郎のまえに立ちふさがった。

「お前《ま》や、日頃から大けな面《つら》をしておっじゃろ。人を虫けらのごと見下しおって、行儀をわきまえておらんようじゃ。お前にまっこて太か胆《はら》があっとなら、俺《おい》と果しあいをやろうでなかか」

辺りに人の通行する気配がなく、石見は刀の柄《つか》に手をかけ、顔に殺気をみなぎらせている。

半次郎はまったく驚きの色をみせず、平然と答えた。

「俺《おい》はお前と斬いあう気はなか。聖人も四海の内、皆兄弟というておっじゃろがい。今日の時勢は、俺どもが天下に志を示すときじゃ。おなじ薩摩の者どうしで、こげん細《こま》か事《こつ》のために斬いあうのは、男児の恥ずるところじゃろ」

半兵衛は、半次郎の気魄《きはく》にうたれた。

颯々《さっさつ》と吹きすぎる風のような、何のわだかまりもない半次郎の応答のさわやかさに、半兵衛は惚《ほ》れこんだ。

彼は半次郎とその後深い交りをむすぶようになる。

薩摩の侍があこがれるのは、「きれいご免さあ」の性格であるという。

「きれいご免さあ」とは、名誉も財産も、命にも執着がなく、いつでもそれを捨てられる身ぎれいな男のことをいう。

半次郎の爽快《そうかい》な性格は、城下士のあいだに人気を呼び、多くの朋友をひきよせた。

有馬藤太も、一見して意気投合した。

「そうか、中村ちゅのはお前《は》んか」

「いつかお前《は》んに会おうと思いつつ、俺は吉野ん田舎五郎じゃから、その機がなかったとじゃ」

藤太は半次郎を座敷へあげ、話しあってみて、彼の識見の広さに感心した。

藤太は有馬純雄《すみお》と称した晩年に、述懐している。

「その夜は、半次郎はとうとう私のうちに一泊した。そのときの談話の節々に天下の形勢を論じ、邦家の前途を説き、議論堂々私の知らぬことをとうとうと弁ずる。

私はすくなからずおどろいて、非常に畏敬《いけい》した。そののち私は彼をその寓《ぐう》吉野にたずねた。たしか妹君だったろう。かいがいしくお茶など出されたが、そのときのご馳走《ちそう》は薩摩芋のふかしたものなどで、物からいえばつまらぬ品であるが、全家こぞって誠心こめての饗応《きようおう》に感謝したことを、いまでも忘れない。その後は、水魚もただならざる交りをつづけ、表となり裏となり、陰となりひなたとなり、あいたずさえて国事につとめた」

藤太は文久二年から三年へかけ、京都薩摩屋敷で、半次郎とともに起居することになる。

藤太は、四条畷《なわて》の曙《あけぼの》という店で、半次郎が汁粉を二十六杯食った愉快な思い出を、後年のかたりぐさとしていた。

曙の主人は感激して代金をうけとらない。半次郎は相当の金を無理に置いてきた。曙からは、大箱にいれた汁粉を薩摩屋敷へとどけにくる。

半次郎は礼として、薩摩絣《がすり》一反に金子《きんす》一両をつけて祝儀《しゆうぎ》とした。

「えろう高い汁粉になったもんじゃねえ」

半次郎は高笑いをひびかせつつ、頭をかいた。

京都での日常は、このようにくつろげるときがすくなかった。京都守護職松平容《かた》保《も》配《り》下の会津藩士が、勤皇志士の弾圧をはげしくおこない、新選組も無気味な行動をおこしていた。

文久三年三月四日、将軍家茂《いえもち》は朝廷に攘夷《じょうい》実行を奏上し、天皇からこれまでの通り国事の委任をうけるために、三千人の供奉《ぐぶ》の士卒をひきつれ、上洛した。

当時、京都は千人をこえるといわれる長州を後楯《うしろだて》とした攘夷浪士たちが毎日のようにおこす、暗殺、暴行によって無警察状態となっていた。

「俺《おい》どま、いつ斬いかけられっか分らん。そんときのためには、剣術稽古が大事じゃ」

藤太は京都でも、剣術稽古にはげんだ。彼は背丈があり、膂力《りょりょく》もなみはずれてつよい。国元では演武館付として、武芸稽古を仰せつけられるほどの手練を身につけていて、真剣勝負の経験も幾度かあった。

薩摩隼人《さつまはやと》は、他人から白刃《はくじん》をふりかざし挑《いど》まれたとき、事情の如何《いかん》にかかわらず逃げてはいけないとされている。敵に後ろをみせた事実が後日判明すれば、死をもって恥辱をすすがねばならない。

幕末に日本へきた外国人たちは、日本刀の切れ味が恐怖すべきものであることを、著述のうちに縷々《るる》のべている。人体の骨格をすこしも砕くことなく、みごとに分離させる刃物は、彼らがはじめて見るものであったらしい。

藤太は、利刃をふるっての命賭けの斬りあいをかさねるうちに、得意技を身につける。はいている下駄《げた》をぬぐなり敵にうちつけ、相手が体勢を乱した隙《すき》をついて抜きうちをする、一連のかけひきである。

藤太は、この自信の奥の手で、幾人もの敵を倒した。ふつうは路上でいきなり斬りあいになるとき、下駄をぬぎ、羽織や笠《かさ》などのかぶりものをとる余裕はない。

とくに履きものをぬぐのがむずかしい。

慶長、元和《げんな》のむかし、新陰流三世柳生兵庫助《やぎゅうひょうごのすけ》の高弟に、いかなる相手と立ちあっても「おいとしほや」という掛け声とともに、一手《いって》の打ちで勝ったという、高田三之丞《さんのじょう》がいる。

鬼神と呼ばれるほどの、兵法《ひょうほう》の天才であった彼でさえ、あるとき斬りあいに際し毛雪踏《けせった》をはいていて、脱ぐことができず、幾度も足をすべらせ、あやうく命をおとすところであった。

後日、三之丞は雪踏、皮草履の類《たぐい》をいっさい身につけず、子孫、門弟にもはいてはいけないと遺言したといわれている。

藤太の得意技は、余人がまねることのできないもので、それだけに敵の意表をつくわけであった。

彼は敵と抜きあわせると、いきなり後ろへおおきく飛びさがる。間合がひらき、敵がすすみでてくるところを狙《ねら》い、すばやくぬいだ下駄の片方を右手でつかみ、敵に投げつける。

敵は重い薩摩下駄が飛んでくるのをみると、虚をつかれ身を避けようとする。その瞬間に、藤太は敵に体当りするいきおいで突進して、抜きうちを浴びせた。

ふつうの抜きうちは、まっすぐ抜いた刀をそのまま、上段から片手か双手《もろて》で拝みうちにするが、藤太のそれは、薩摩流儀であった。示現流分派である、薬丸自顕流の「抜き」である。

自顕流の「抜き」は、抜き即斬《ざん》といわれた。抜いたときは斬ったときという意である。

「抜き」をやるときは、まず両踵《かかと》をそろえた直立の姿勢から、爪先立《つまさきだ》ちになる。同時に左のてのひらを、刀の鍔《つば》下にあて、右手で柄《つか》をにぎり、刀を押しまわして刃を下にする。

つづいて右足をおおきく踏みだしつつ腰を後ろにひねり、右手の肘《ひじ》を刀の柄頭《つかがしら》にのせるかたちで抜刀する。

肘で敵をはじきとばすいきおいで抜けと、自顕流では教えるが、手先から肘までが正しく柄のうえに乗っている姿勢からの抜刀が、腕《かいな》のかえりがよく、敵の股《また》から頭上まで斬りあげることができる。

刀の刃は、真上をむいているのが最良であるが、乱戦に際しては幾分右へむくのもやむをえないとされていた。

左膝頭《ひざがしら》を地につくまで沈める「抜き」の特異な技は、戦場で具足をつけた敵の睾丸《こうがん》を斬るのを目的として、生れたものであった。

藤太は京都へ出立《しゅったつ》するまえ、師匠の小野強右衛門に訓戒をうけている。

「決してむやみに左手を鞘《さや》にあてちゃ、いけんぞ。鞘に左手がかかるのは、いよいよのときじゃ。左手を鞘にかけたときは、抜くときでごあんさ。抜けば敵を殺すかこっちが殺されるか、ふたつにひとつじゃっど」

藤太は師の言葉を守り、喧嘩《けんか》口論の場をつとめて避けるよう、心掛けていた。

乱暴者《ぼっけもん》のふるまいを薩摩武士の華とこころえている朋輩たちは、藤太の用心ぶかいふるまいを非難するが、彼はいっこう意に介しなかった。

ものごとに慎重であるのは、中村半次郎も同様であった。半次郎は京都に出てのち、薩藩有数の斬り手として知られていたが、ひとりで外出することがなかった。

藩屋敷から外へ踏みだすときは、たとえ数歩の間といえども、かならず二、三人の友と同行する。

半次郎は多数の佐幕派を斬り、市中取締りの会津藩士、新選組から仇敵《きゅうてき》のように憎悪《ぞうお》され、つけ狙われていた。いかなる剣客《けんかく》にも、闇夜《やみよ》の飛び道具を防ぐことはできず、多勢に無勢では窮地におちいる危険がある。

半次郎は慓悍《ひょうかん》無類である反面、用心ぶかい性格によって、幕末転変の間を生きのびたわけであった。

藤太は、暴虎馮河《ぼうこひょうが》の勇は自戒したが、事に及んでは猛然と闘志をあらわす。彼が京都でお徒小姓什長《じゅうちょう》（十人の長）をつとめているとき、佐久間という一刀流の遣い手が、庚申口《こうしんぐち》にひらいている道場へ、朋輩とともにしばしば見学に出向いた。

見学は見取り稽古である。他人の打ちあうさまを脇《わき》から見ておれば、おおいに得るところがあった。

佐久間道場へは、しばしば膳所《ぜぜ》藩の剣客が稽古にきた。彼は進退がじつにあざやかで、達人というにふさわしい技の冴《さ》えである。ある日、剣客は藤太に試合を所望した。

「これは、ご免をこうむいたか。俺《おい》は薩摩では、面籠手《こて》つけての試合をやったことが、なかもんで」

藤太は再三辞退する。

他流試合で敗北を喫しては、薩摩藩士の名にかかわる。しかし相手はひきさがらなかった。

「お見うけいたすところ、なかなかにご修業をお積みのようじゃ。後学のために、是非にも一手お立ちあいを願いたい」

膳所の剣客は、どうやら稽古を見学する藤太たちの態度が、気にくわなかったようであった。

傍《そば》にいた半次郎が、すすめた。

「仕様《しよ》んなか。藤太どん、こや受けて立たにゃならんど」

「よし、ならばお願いし申す」

藤太は思いきって立った。

半次郎が彼にささやく。

「ひっ死《ち》ぬ覚悟《つもい》でやっちくいやんせ」

藤太はやむなく道場に立った。

竹刀《しない》のかけひきでは、おそらく敗《ま》けるであろうと、内心では考えている。

彼は眼のまえに防具を出され、困惑した。

「拙者はこげん物は、見たこともなかごわす。使いきらんで、こん姿のままでお手あわせをお頼ん申す」

相手は同意しない。

「それはいかん。ご貴殿が防具をおつけにならぬとなれば、こちらは思いきって打てませぬ。何卒《なにとぞ》、おつけ下され」

押し問答のあげく、藤太は面と胴をつけ、素小手で立ちむかうことにした。馴《な》れない防具を身につけたので、藤太はいよいよ気が重かったが、ことさらに動きを鈍重にみせることにした。

相手にこちらがうろたえていると見てとらせ、見くびらせるのである。真剣勝負をかさねてきた藤太には、相手の思いあがりが、とりもなおさず自分への助太刀になると知っている。立ちあうまえに、できるだけ慢心させねばならない。

藤太は萎縮《いしゅく》し、身の置きどころもない風をよそおい、部下が薩摩屋敷へ馳《は》せもどってとってきた自分の竹刀を手にした。

膳所の剣客は、藤太の竹刀をみて冷笑した。四尺を越す長さで、ふつうのものより倍もふとい。そのようなものを早くふりまわせるわけはないと、読んだわけである。

藤太はおそれいったふりをしているが、長竹刀はただの代物《しろもの》ではない。芯《しん》に鉄棒をさしこんでいて、相手の体のどこを打っても、たいていの者は一本で参ってしまい、動きをとめるのである。

立ちあいがはじまった。

双方相《あい》青眼に構えると、剣客は藤太をみくびっているので、様子をみることもせず、いきなり面を打ちこんできた。

藤太はとっさに小手を打つ。みごとにきまって、相手の動きがとまった。面のうちで歯をむきだしているところをみると、よほど痛かったのであろう。

藤太が棒立ちになった剣客の右手首をつかみ、ひきよせる。左手の竹刀で胸に突きをいれ、勝負をきめるためである。

だが、剣客もひるまなかった。敏捷《びんしょう》に藤太に飛びついてきて、両足で藤太の胴をはさみ、左手で面を打とうとする。

藤太は相手の腕をささえ、かろうじて攻めをふせいだが、いまにも一本とられそうな形勢であった。

「こうなりゃ、身を捨つっど」

彼はみずからあおのけに倒れ、うえにのしかかってきた相手の隙をついて、力まかせに首を締めあげた。

家中では大力者《だいりきしゃ》として知られている藤太が、死力をつくして締めるので、剣客は呼吸できない。両手でバタバタと藤太の体を叩《たた》き、降参すると申しているのだなと見当がついたが、飛太刀流にはそのようなとりきめはない。

藤太はかまわず締めあげ、剣客はついに絶息してしまった。

師範の佐久間がおどろいて走り寄ってきた。

「有馬殿、もはや勝負はついておる。これまでにしていただきたい。当方は稽古試合のつもりでござるが、貴殿は真剣勝負のお覚悟のようじゃ。とても気合において太刀うちはできませぬ。お許し下され」

佐久間は下手《したて》に出て、ひたすら詫《わ》びた。気の荒い薩摩藩士を怒らせれば、失神している剣客がそのまま絞殺されかねないと、考えたからである。

藤太は思いあがった剣客の荒胆《あらぎも》を、とりひしいだのであった。

藤太が四条畷《なわて》通りで、行きあった二人の侍に喧嘩を売られたのは、佐久間道場での試合のあと間もない頃《ころ》であった。

秋のはじめであったが、昼さがりの照りつける陽《ひ》ざしは暑く、単衣《ひとえ》の背に汗のにじむ蒸し暑い日和《ひより》であった。

彼はその日、昼飯をしたためたあと藩屋敷を出て、賀茂川沿いに南へ下り、荒神橋を渡って建仁寺のほうへ歩いていた。建仁寺に近い水口《みなくち》藩屋敷に所用があり、出向く途中であった。

河原にとんぼが群れ飛んでいるが、前日に雨が降ったので蒸し暑く、草いきれが息もつけないほどであった。

藤太は笠《かさ》をかぶってくればよかったと思いつつ、手拭《てぬぐ》いで首筋に流れる汗を拭《ふ》く。四条畷の繁華な通りを歩いているとき、人混《ひとご》みをわけ、編笠をかぶった二人の侍があらわれた。

藤太はいやな予感がした。白小倉の馬乗り袴《ばかま》の裾《すそ》を蹴《け》ってくる侍たちの体に、殺気がみなぎっているように思ったからである。

彼は左右をみたが、表通りから入りこめる横町はなかった。藤太の胸は波立ってきた。

(こや、いけん。あいつらは大道のまんなかを、まっすぐやってくっぞ。ありゃ、俺《おい》に鞘当てすっ積《つも》いにちがいなか)

相手の素姓は分らないが、京都市中は佐幕派と攘夷浪士の対立が激化し、血に渇いた侍の群れが腰刀を撫《ぶ》し、横行している。

将軍家茂は、三月以来の京都滞在中、尊攘激派の圧力をうけ、公武合体の実をあげることができないまま、六月九日に江戸へ戻っていった。

家茂退京ののち、京都は尊攘派が制圧した。彼らをあやつる長州藩は、七月にはいって攘夷親征を強行しようとしていた。

尊攘浪士の首領のひとりである久留米《くるめ》の神官真木和泉《まきいずみ》は、堂上公卿《くげ》衆に御親征を説く。六月末には学習院付となって、朝廷に出仕し、討幕をさかんに唱えた。

尊攘激派のいう御親征は、あきらかな討幕論に拠《よ》っての企てである。孝明天皇を擁して大和に行幸を仰ぎ、神武天皇山陵、春日社《かすがしや》等に御拝を願ったのち、しばらく御逗留《ごとうりゅう》、御親征軍議のうえで、伊勢神宮行幸を実現する。

そののちは一気に箱根に軍をすすめ、幕府から政権をとりもどそうというのが、激派の本音であった。

政局の激動にともない、市中の治安はおおいに乱れていた。「勤皇屋」といわれる、無頼の浪人たちが諸国から続々と入京してくる。

彼らは世情の混乱に便乗し、辻斬《つじぎ》り、恐喝《きょうかつ》、強盗、放火など悪事のかぎりをつくしていた。尊皇攘夷の軍資金を稼《かせ》ぐためと称しているが、彼らに政治の見識などあるはずもなかった。

(向うからくる奴《やつ》らは、勤皇屋じゃろか。まあ仕様んなか。まっすぐ行っど)

藤太は道を避けることもできず、侍たちに近づいてゆく。

二人の侍は藤太の眼前で左右にわかれた。藤太の背筋に電撃のような緊張が走った。全身から冷汗がふきだし、膝頭がふるえる。地を踏む足先の感覚がうすれ、たよりない。

藤太は人を斬った経験をかさねてはいるが、斬りあうまえに戦慄《せんりつ》を禁じえない。燃えあがる恐怖心をおさえつけるために、隼人の矜持《きょうじ》にひたすら頼った。

すれちがうとき、何事もおこらないでくれと、藤太は願った。だが、予想していた通りのことがおこった。藤太の左側を通りすぎようとした侍の刀の鞘が、藤太の佩刀《はいとう》の鞘にあたったのである。

侍たちは、立ちどまった。二人とも人なみすぐれた体格で、獰猛《どうもう》に陽灼《ひや》けした顔つきである。

「おい貴様、何の遺恨があって鞘当てをいたしたのだ」

藤太は憮然《ぶぜん》として答える。

「俺が当てたのではなか。お前《は》んらが当てにきたとじゃろがい」

侍たちは眼をするどくした。

「何だと、いいがかりにもほどがある。芋侍め。鞘当てしおったからには、そのままにはおかぬぞ。さあ抜け、抜いて勝負をしろ」

二人は刀を抜き、笠をぬいだ。

一人は下段、一人は平青眼に構え、つめ寄ってくる。藤太は左手を刀にあて、二間ほどの間合をとって静かに退く。

敵は左右から進み出てきた。

「逃げるなよ、往生際《ぎわ》がよくねえぜ」

二人は勝ち誇って、間合を詰めてきた。

敵は二人だから油断できないと、藤太はすばやく引きさがる。十間ほど間合がひらいたとき、彼は得意の下駄つぶてを打った。

下駄は、先に立ってきた敵の額に当ってはねかえる。肌《はだ》が切れ、みるまに血がにじむ。敵は思わず右手で額をおさえた。

「チェエーイ」

藤太は突進した。

刀が稲妻のようにかがやき、彼は右片手で敵の脇腹に抜き打ちを見舞い、さらに頭上に刃《やいば》をうちこむ。

藤太は夢中になっていて、自分がなにをしているのか、はっきりと意識はなかったが、五体は正確に動いた。

敵は腹と五分月代《さかやき》のあたりに、まともに刃をうけた。骨を断つはげしい響きがおこり、噴水のように飛び散る脳漿《のうしょう》が、藤太の眼鼻にかかった。

「よかよか、藤太どん。見事な腕じゃごわはんか」

黒山の見物人のうしろから、聞きなれた声がかけられた。

野太《のぶと》い胴間声の主は、中村半次郎である。敵の一人は、仲間が地面に体をうちつけ転倒するのをみると顔色を失い、背後に中村の声を聞くとうろたえた。彼は刀を肩にかつぎ、身をひるがえし逃げうせる。

半次郎は左手を刀の鍔際におき、油断のない身構えで、歩み寄ってきた。

「藤太どん、俺はさっきからあの茶店にいたとよ。騒ぎを聞いて、二階の窓から見りゃ、斬いあいをやっておっのがお前《は》んじゃなかか。危なかときにゃ助太刀し申《も》そと様子ば見ちょったが、お前《は》んの早技にゃ恐れいったど。さあ、こん辺《あた》いは人眼が多か。早う引きあぐっがよかじゃろ。藤太どん、斬った相手にとどめをしゃんせ」

藤太は半次郎にすすめられたが、とどめは刺さなかった。

敵を二太刀で殺した手際のよさを、のちの誇りとしたかったからである。


回顧談では藤太が喧嘩を売られたとき、半次郎が偶然その場に居あわせたようになっているが、実際には二人は形影《けいえい》相伴うように、常に行動していたようにも思える。

彼は半次郎が、薩摩屋敷に出入りしている砲術師範の赤松某が、幕府の間者《かんじゃ》であったため、暗殺した事実を後年に語っている。

赤松は二条城の幕府側に、薩摩屋敷での見聞をくわしく知らせていたので、半次郎が処断したのである。

慶応と年号があらたまって後のことで、半次郎と藤太は、ともに新選組から命を狙《ねら》われていた。赤松のような獅子《しし》身中の虫に、こちらの動静をさぐられては命があぶない。

半次郎は赤松が薩摩屋敷へ砲術教授にきた日、一人の藩士とともに、赤松を送って出た。すでに夜になっていて、赤松はふるまい酒に酔っている。

三人はなごやかに語らいつつ、柳の馬場四条下るの辺りまできたところで、中村が突然二、三歩まえに踏みだした。

中村たちの後を、藤太と飛太刀流師範小野強右衛門がつけていた。二人は、中村の暗殺が成功するか否《いな》かを見届けるためにきた。もし仕損じて赤松が逃走すれば、二の太刀をつけるつもりでいる。

「やっど」

小野と藤太は息をのんで見守る。

中村は、さきへ歩みかけたかと思うとふりかえり、右足をふみだし身を沈める。

「チェエーイ」

冴えた気合が闇を裂き、濡《ぬ》れ藁《わら》をうつ音がひびいた。

半次郎の抜き打ちが、赤松の股《また》からみぞおちへとまっすぐ斬りあげ、赤松はただ一太刀で声もなく即死した。

薩長連合の盟約がととのった慶応二年（一八六六）頃は、半次郎、藤太のような豪の者でも、藩屋敷を出てひとりで行動すれば、たちまち死の危険が迫る、緊迫した状勢であった。

藤太は当時脱藩して同志を募り、幕府方の本拠二条城を焼き払う計画をたて、薩摩屋敷を脱《ぬ》けだしたことがあった。

甲冑《かっちゅう》から夜具にいたるまでを売りはらい、十八歳になる従弟《いとこ》の河島醇《かわしまあつし》を円山の茶阿弥《ちゃあみ》という料亭に連れだし、内心をうちあけようとする。

座敷にはかねてなじみの糸勇《いとゆう》という十六歳の舞子のほか、円山芸妓《げいこ》三人を呼んでいた。

いよいよ河島に秘事を話そうとしているとき、朋輩《ほうばい》の一人が急を知らせてきた。

「藤太どん、大変じゃや。いまお前《は》んがここにおるのが新選組に知れたとじゃや。三条寺町から四条へかけて、あいつらが宿改めをしておっど。しだいにこっちへ迫ってくっど。いまんうちに裏道伝いに屋敷へ戻らにゃ、いけん」

日はもはや暮れかけている。

藤太が立って戸の隙《すき》からそとをのぞくと、はやくも所司代の下っ引らしい男が、道をうろついているのがみえた。

「こやいけん、お前《は》んたちゃすぐ屋敷へ戻っちくいやんせ。俺はなんとか身を隠すつもいじゃや」

藤太は河島醇に遺言をするつもりであったが、もはやその余裕はなかった。

二人を帰したあと、藤太は糸勇にいう。

「おい、早《はよ》う勘定ば頼む。俺はすぐ立たにゃならん」

糸勇は状勢をすばやく察した。

「そんなことは、あとでよろしゅうおす。旦那《だんな》はん、私といっしょに逃げまひょ。こっちへおいでやす」

糸勇は機敏に動いた。

二人は裏通りを伝って走った。京都は露地が多く、土地の者でなければ分らない抜け道が、いたるところにある。

二階建ての長屋のなかを打ちぬいた通路を抜け、狭い空地に出ると、周囲にはふるびた町家が軒をつらねている。行きどまりとしか思えない眺《なが》めであるが、糸勇はわずかな壁のすきまへもぐりこんでゆく。

藤太はあわててあとへつづく。くらがりで植木鉢《ばち》のようなものをふみつぶし、足もとから猫《ねこ》が飛びだして逃げる。

そのたびに心臓をにぎりしめられるようにおどろき、刀の柄《つか》に手をかけるが、追手はあらわれなかった。

「俺は五条から大仏のほうへ逃ぐっつもいじゃが、五条はどっちの方角じゃ」

自分がどこを走っているのか、藤太には分らない。

「黙ってきなはれ。旦那はんがいま表通りへ出やはったら、いっぺんに捕まえられますえ」

藤太はやむなく、糸勇にいわれるままに、ついて走った。

半刻《はんとき》(一時間)ほども、汗まみれになって裏道を伝ったのち、糸勇は不意に立ちどまった。

「旦那はん、ここは私の家どす。むさいとこやけど、新選組にかぎつけられる気遣いはおへん。今夜はここでゆっくり寝《やす》んどくれやす」

表戸を叩くと、女の声がした。

「どなたはんどす」

糸勇が声をころして答える。

「お母はん、私や」

戸があいて、ほのぐらい行燈《あんどん》を背に女の姿が土間に浮かんだ。

糸勇はせきこんで母親に事情を告げる。やがて藤太は狭い梯子段《はしごだん》をのぼり、二階へあげられた。

「ここやったら、万一新選組が押しこんできても、梯子をはずしといたら、隠れていやはるのが分らしまへんえ」

糸勇は母親とともに二階に布団《ふとん》を敷き、おまるまで支度する。

「さあ、これでよろしゅおす。ほんなら、私はお勤めがありますよって、またお店へ戻ります。今夜はおとなしゅう、ここでお休みになっとくれやす。明日の朝には帰りますよって、どこへもいかはったらいけまへんえ」

糸勇はいいおいて、出ていった。

藤太は行燈の火を消し、ほのかに女の体の香がこもった布団に身をよこたえる。

表の通りを歩み去る人の足音が、ときたま聞える。

藤太はおきあがって窓格子《ごうし》に顔を寄せ、様子をうかがうが、むかいの畑は暗くしずまりかえったままで、人の気配はなかった。

彼は暗い天井をみあげ、考える。

（あぶなかところを糸勇に助けてもろうたのは、俺の武運の尽きぬ証拠じゃが、はて明日からどげんすりゃ、よかろうなあ）

攘夷志士の仲間を募って、二条城焼討ちを決行する壮図をまえにして、藤太は藩屋敷のそとに満ちている危険を、思いしらされた。

薩藩という強大な組織のうちにいれば、さほどに感じなかった新選組浪士狩りのおそろしさが、身にしみる。

明日の昼には大仏の裏店《うらだな》に潜み住む、同志たちをたずねようと思うが、新選組の探索の網にかかるかも知れないと、躰《からだ》がすくむ。

（いざとなりゃ、死にゃよか。命を捨ててかかりゃ、何でん怖《おそ》ろしか事はなかど）

藤太は歯を剝《む》き、意気萎《な》えた自分を叱咤《しった》した。

翌《あく》る朝。糸勇が帰り、さっそく朝食の支度をしてくれる。藤太は味噌汁《みそしる》をすすりながら彼女に聞く。

「どうじゃ、新選組や町方の連中はまだ網を張っておっか」

「さあ、姿は見えまへんけど、あのお人らは上手に身を隠さはりまっさかいなあ。どこから出てくるか、分らしまへんで」

糸勇のいう通り、大勢の下っ引を駆使している新選組の探索の手を逃れるのは、容易なことではなかった。

「もう一晩泊めてくれるか」

鋭気のくじけた藤太が頼むと、糸勇はほほえみうなずく。

「幾晩でも、よろしゅおます。うちはちっともかましまへんえ。いつまでなりと、居とくれやす」

薩摩屋敷を出るまでは、なんとも思わなかった戸外の景色が、その朝からは厭《いと》わしく見える。

そとへ一歩足を踏みだせば、凶暴な敵の群れがいつ殺到してくるか分らない。

進退きわまった胸のふさがる思いで飯を食っていると、突然階下に乱れた足音が聞えた。藤太は刀をとり、左手で鯉口《こいぐち》をきったが、つづいて聞える磊落《らいらく》な話し声に驚愕《きょうがく》した。

「この家《や》に有馬藤太が泊めてもろうておっじゃろ。世話になって済まん。会わせてくいやい。俺は中村半次郎、こん連中は皆薩藩の者じゃ」

藤太は糸勇をふりかえる。

「なんじゃ、お前《ま》や俺のおるのを、屋敷へ注進したとか」

糸勇は畳に手をついた。

「はい、誰にもいわんという旦那はんとの約束を破ってわるうおしたけど、このままやったら危のうおすさかい、中村はんにお迎えをお頼みしたんどす」

「何ばすっことか。仕様んなか奴じゃなあ」

藤太は脱走したうえは、藩屋敷には戻るまいと決めていたので、糸勇に自分の居場所は誰にもいうなと口どめしていた。

だが、中村たちがきてくれたおかげで、いましばらくは首を胴につなげておけると、藤太は安堵《あんど》した。

「藤太どん、昨日から見えんようになったと思うたら、こげん家で女子《おなご》と仲良うしておったたか。風流を楽しむのもよかじゃろうが、長居しては糸勇にも世話をかけっこつになる。そろそろ引き揚ぐっが、よか了簡《りようけん》じゃろ」

半次郎は藤太が脱藩した事実に気づかないふりをして、連れ戻そうとした。

彼は藩士の永山弥一郎《やいちろう》、山田半左衛門、椎原《しいはら》小源太、田中藤五郎の四人を伴ってきていた。いずれも藩中屈指の斬り手揃《ぞろ》いである。

藤太は頭を下げた。

「勝手なまねをして、済まぬ」

半次郎は肩をゆすって笑った。

「なさけなかごつ、聞こごちゃなか。乱暴者《ぼっけもん》の藤太どんがあやまるのは、似合わぬ図じゃっど」

帰路は、六人連れで表の人通りのなかを堂々と押し歩いた。

薩摩下駄《げた》をひきずって歩く彼らは、いつ新選組に斬りかかられても応じうるよう、刀の目釘《めくぎ》を充分に湿し、柄を真田紐《さなだひも》で巻き締めている。

「あれへ来るのは新選組じゃねえ。どげんすっかねえ。よか日和《ひより》の挨拶《あいさつ》でんすっか」

藤太と肩をならべている半次郎は、鼻さきで笑った。

行手から十人ほどの新選組がくる。二人が管槍《くだやり》の穂先を光らせていた。彼らは半次郎と藤太の顔をみると眼《め》をみはり、立ちどまる。

半次郎は足どりをゆるめず、近づいていった。

「やあ、こりゃ市中お見廻《みまわ》り、ご苦労なことでごわす」

半次郎は一礼して悠々《ゆうゆう》と通りすぎてゆく。

「ふりかえっちゃ、いけんど。こんまま、ゆっくりと歩むのじゃ」

半次郎は胸を張ってすすむ。辻《つじ》の角を曲ると、また浅黄の隊服を着た新選組が五、六人やってきた。

「あやつらの後ろからも来《く》っで。この辺りは新選組ん巣じゃなあ」

半次郎は平然と藤太に話しかけつつ歩む。

薩藩で聞えた剣客が、六人も肩をならべているので、新選組の隊士たちは色めきたつが、手を出す勇気はないようであった。

「奴らが二十人、三十人かかってきても、片端から斬い棄てっくるっ」

半次郎は殺気を顔にみなぎらせていた。

もし敵がかかってくれば、目釘のつづくかぎり戦う覚悟である。

藤太は朋友の真情を、身にしみて感謝した。

その頃《ころ》、半次郎は新選組隊士を幾人か手にかけ、命を奪ったといわれていた。土方歳三《ひじかたとしぞう》、沖田総司らの猛者《もさ》が、彼と刃を交えたともいわれている。

慶応元年（一八六五）八月八日の夜、新選組は三条蹴上《けあげ》の茶屋「井筒」に集まっている、薩摩と土佐の志士たちの訊問《じんもん》に出向いた。答弁に不審があればただちに捕縛し、反抗すればその場で斬り棄てる気構えである。

捕縛にむかったのは、武田観柳斎以下十余人の五番隊であったが、沖田も加わっていたという説もある。

襲われた志士たちは、一人が斬り死にし、他は逃れた。半次郎、藤太のいずれもその場にいて白刃をふるって敵と斬りあい、脱出したという。

二人はともに抜き討ちが得意技であった。示現流には抜き討ちの技はなく、両人とも、実戦には薬丸自顕流の刀法を使ったようである。

自顕流の独り稽古《げいこ》に、打ち廻りの技がある。乱戦に際して四方からかかってくる敵を、片端から斬り伏せる稽古で、地面に敵にみたてた十数本の立木《たてぎ》をたて、駆けまわってそれを打つのである。

これは簡単にみえるが、やってみれば至難の技であることがわかる。まず打ちこみは、自顕流独得の打ちでなければならない。

足は常に右足をまえにし、左右のトンボの構えは、八相よりはるかに高い示現流トンボよりもさらに高く、太刀にぶらさがっているような形に伸ばさねばならない。

示現流ではトンボに構えた太刀の刃を体の外側後方にむけ、打ちこむとき半ばひねって打撃力を増すが、自顕流では刃をまっすぐまえにむけるかわり、構える位置をたかくする。

これは、ひねり打ちで刃筋をたてるのに高度な技術がいるため、習熟しやすいまっすぐな打ちこみに変えたものと思われる。

太刀はこびに、左手の力を殺し、右手を主とするのは示現流と同様であるが、切りおろしは、腰と太刀がいっしょに下り、左膝頭《ひざがしら》が地につくまでの低い姿勢にならねばならない。

高い構えから膝をつくまでの猛烈な切りおろしとともに、自顕流の刀勢をつよめる要因は、打ちこみの形にある。

ふつうどの流儀の剣術でも、打ちこんだとき両肘《ひじ》がまっすぐ伸びておらねばならない。示現流でも、肘はめだつほど曲げないが、自顕流では刀の切れ味を増すことに、徹底した太刀遣いが用いられる。

切りおろしたとき、右肘と左手の握りと柄頭の、すべてわが臍《へそ》にあつまるように手元に引き切りにするのである。

右肘は十分に曲り、左手は左脇下《わきした》に小石をはさんでも落ちない姿勢で、半身の形で打ちこむ。

この変則的な打ちは、ふつうの上段あるいは八相からの打ちこみとは、比較できない強烈な斬れ味を発揮することになる。

打ち廻りの足運びは、腰をおとし体重をいくらか後ろにかけ、足のおや指、人さし指、中指の三本で体を支えるように、両膝を内側に締めこむ。

両踵《かかと》は地面から一寸あまりあがり、前膝は足首より後ろに引く。前進のときはまず、後ろの足で土をまえに蹴《け》りだすようにして両膝に力をこめたのち、両足さきを地面に突っこむように押しだしてゆく。

それは、軍鶏《しやも》が走るときの脚の動きとおなじ要領で、走る途中左右のいずれに向きをかえても、上体が崩れない。

薩藩の斬い手といわれる自顕流の剣士は、すべて打ち廻りの呼吸で実戦にのぞんでいたわけである。

打ち廻りの稽古は、第一撃から最後の立木を打ち倒すまで、一瞬の休みもなく攻撃を反復しなければならない。

自顕流は、あくまで実戦本位のもので段位はなく、人を袈裟《けさ》がけに斬れたら免許といわれてきた。

鳥羽伏見《とばふしみ》の戦で、薩摩の名もない兵卒が幕軍の名だたる剣客に、トンボの打ちで斬りこみ、それを受けた幕兵は、あまりにも激烈な打撃を支えられず、わが刀の鍔を額にめりこませて死んだという挿話《そうわ》は、有名である。

半次郎と藤太は、鳥羽伏見ではそれぞれ薩軍幹部として、奮戦した。幕府との戦端がひらかれる直前の、慶応三年（一八六七）十二月二十五日、藤太は半次郎とともに、京都北野天神の辺りに会津兵が出没する様子を偵察《ていさつ》に出向いた。

二人が話しつつ歩いていると、岩倉公の使者香川敬三と行きあう。香川は立ちどまり声をかけてきた。

「これはよい所でご両所に会ったものだ。岩倉公には、時局について聞いておきたいことがあるゆえ、ご苦労だが屋敷まできてもらえぬか」

半次郎たちは即座に返答はしない。

「拙者どもは、西郷先生のお許しがなければ、参上するわけには参りませぬ。一度先生に都合をお聞きして参りましょう」

香川と別れ、二本松の薩摩屋敷へゆくと、西郷は不在で大久保一蔵がいた。

大久保は事情を聞くと、半次郎たちが岩倉公に面談することを許可した。二人はその晩、岩倉邸に出向いた。

口下手な藤太は岩倉公に会うと、ただ頭を下げることをこころがけるのみで、半次郎がもっぱら語った。座談の内容は、小心な岩倉を安心させるため、京都に集結している薩軍の兵力を誇大に告げることに終始した。

「薩藩は城下士一大隊と、有馬の率いる一大隊、浄福寺隊。大砲隊は大山弥助、中原猶介《ゆうすけ》の二大隊、ほかに応援隊が二隊でございます。幕軍は三、四万もおると申しても、烏合《うごう》の衆でございますゆえ、薩州勢だけで十分相手ができまっしょ」

岩倉は半次郎の法螺《ほら》を聞き、やや安心の様子で問いをかさねる。

「このたびの戦が終れば、攘夷《じょうい》をいたすことになるが、その段取りはできているのか」

半次郎は即座に返答した。

「攘夷などとは、御前《ごぜん》の口からお出しになってはいけませぬ。攘夷は討幕の口実で、世界の諸国とは事を構えず、世界の長を取りわが短を補って、ますます国威を宣揚いたさねばなりませぬ」

半次郎の言葉を聞き、西洋嫌《ぎら》いの藤太は激怒した。

岩倉邸からの帰途、藤太は顔色をあらためて聞く。

「お前《ま》や、岩倉どんに攘夷せぬというちょったが、ありゃまことか、それとも何ぞ訳あってのこつか」

半次郎は、こともなげに答えた。

「ありゃ、お前《は》んにゃまだいっておらなんだか。攘夷は幕府を倒す口実じゃっど。攘夷というてん、やったところで得《とく》にゃならん。そん訳は明日にでも西郷先生に、聞きやんせ」

藤太は、また半次郎に先を越されたと、茫然《ぼうぜん》とした。

無学な半次郎は、聞き学問で藤太よりはるかに的確に、世情の推移をつかんでいた。彼は西郷のいうところをわが血肉として理解した。

鳥羽伏見の戦では、藤太は斬りすてた敵将の亡霊に悩まされるほど、白刃を振《ふる》って獅子《しし》奮迅の活躍をする。

だが、敵陣に一番乗りをしようとしても、かならず半次郎が先着していた。

「半次郎どん、お前《ま》やまっこてすばやか男じゃなあ」

藤太は嘆息するよりほかはなかった。

半次郎は色町での人気においても、藤太をはるかに凌《しの》いでいた。鳥羽伏見の戦がすんだのち、京都にひきあげると、祇園《ぎおん》の芸者たちが薩摩屋敷の門前に「中村大将」「有馬大将」と二流の旗をおしたて、踊りまわって祝ってくれた。

藤太たちは気はずかしいながらも、肩身のひろい思いをする。半次郎があたらしい恋人をつくるたび、藤太は首をかしげた。

「汝《わ》や、なにほど好《よ》か男でもなかじゃろに、何でん女子《おなご》の惚《ほ》れるとじゃろ。俺《おい》には女子は寄りつかんのに」

半次郎は即座に答えた。

「知れたこつじょ、汝《わい》が目付《めつ》っが悪《わ》りでよ」

藤太は鳥羽伏見の戦ののち、薩軍本営付、さらに総督府付となって、東山道を江戸へむかう。

大垣《おおがき》、下諏訪《しもすわ》と進軍し、江戸城偵察を危険を冒して強行する。江戸城明渡しののちは、東山道総督府副参謀として、流山《ながれやま》で近藤勇の率いる一隊と遭遇し、彼を降伏させた。

藤太は京都で近藤に生命を脅《おび》やかされてきただけに、その手腕を知悉《ちしつ》し、人物を高く評価していた。彼は近藤を丁重に処遇しようとしたが、香川敬三という小人物が独断で近藤を斬刑《ざんけい》に処した経緯を、後年詳しく語り、やるかたない憤懣《ふんまん》をもらしている。

藤太は近藤を降したのち、大鳥圭介《けいすけ》らの率いる幕軍と宇都宮で激突する。彼はそこで右胸部、右耳朶《じだ》に貫通銃創をうけ、瀕死《ひんし》の重傷を負った。

療養のため後送された横浜の修文館という病院で、ひさびさに半次郎に会った。

半次郎は左手を包帯で吊《つ》っていて、笑っていった。

「俺の傷は戦でできたものじゃなか。喧嘩《けんか》じゃ。この手の中指と薬指を飛ばしてしもうた」

「そん事《こつ》があったか。残念じゃったな。相手はよほどの強敵であったのじゃろ」

「そうや、一刀流の名人じゃったねえ。命は貰《もろ》うたがやあ」

半次郎が斬ったのは、鈴木隼人《はやと》という旧幕臣で、江戸では聞えた剣士であった。

鈴木は彰義隊に縁のある者で、上野の戦が終ったのち、薩藩で剣名のたかい半次郎を倒し、恨みをはらすべくつけ狙《ねら》っていたものである。

半次郎は神田三河町の屯営《とんえい》にいた。初夏の夕刻、同僚河野四郎左衛門とともに近所の湯屋へゆき、日が暮れたのち戻ろうとしていた。

人影のない辻を横切ろうとしたとき、三人の武士が突然半次郎にむかってきた。

先頭の男が聞いた。

「尊公は中村半次郎殿か」

「いかにも、なにかご用かな」

なにげなく答え、半次郎は手にした濡《ぬ》れ手拭《てぬぐ》いを捨て、飛びさがった。

草履はすばやくぬぎすて、左手を鍔際《つばぎわ》にあてている。三人の武士は声もなく抜刀し、迫ってきた。

「半次郎どん、そん主だった奴《やつ》を斬い棄てやんせ。俺はこん二人を相手にすっど」

河野がはやくも刀を右トンボに構え、叫んだ。

半次郎も静かに刀を抜き、右トンボに構えた。相手は左上段の構えになった。三間あまりの間合からたがいに近づくと、半次郎は猛然と斬りこんだ。

「チェエーイ」

敵は同時に左片手の面を打ちこんできたが、半次郎の刀に棟《むね》を打ちおとされる。敏捷《びんしょう》に飛びさがった相手は、青眼に刀をとりなおした。

「チェーイ、チェーイ」

半次郎の鉄をも断つ激烈な打ちこみが、つづけさまに襲いかかる。

相手は打ちかえす余裕もなく後へさがり、小石につまずいてよろめくとき、半次郎の地面を打ち割らんばかりの切りおろしが見舞った。

敵は肩先をふかく斬りつけられ、血しぶきをあげ路上に体を叩《たた》きつける。だが、必死の力をふりしぼり、斬りあげた刃先が、胴を襲う。半次郎はとっさに身をかわして避けたが、指先に灼熱《しゃくねつ》の疼《うず》きが走った。

半次郎の敵が倒れると、河野と斬りむすんでいた二人は闘志を失い、逃げ去った。彼らは鈴木の門人たちであった。

半次郎の剣歴は、剣客鈴木との死闘によって終った。

明治十年、薩軍西郷隆盛とともに城山に果てた桐野利秋の生涯《しょうがい》は、剣豪の名のみ高く、その行動の軌跡はおおかたが秘密の帷《とばり》にかくされている。

抜刀隊

日本刀で斬《き》りあう真剣勝負は、明治八年頃《ごろ》までは、薩摩《さつま》士族のあいだでしばしばおこなわれたそうである。

もちろん一対一の果しあいで、生存者に聞いたところによると、皮を斬られて骨を断つに至ったという経緯を語る例が、ほとんどすべてであったという。

たがいに刀を抜きあわせ、鎬《しのぎ》を削る打ちあいをしても、刀刃が敵の体に及ぶほどには、なかなかに接近できないものらしい。ところが一方が小疵《こきず》を負わされ、血が流れると、それを見た当人は、もはやこれまでと思いこみ、気が激するままに踏みこみ、相手を一刀両断するのである。

「俺《おい》どま、相手と抜きあわせ、刀でたがいに支えおうちょったど。そんうち腕に薄手を負わさるっと、もういけんと激憤してただチェイと斬い殺したど」

この体験談よりすれば、心気力一致した打ちこみでなければ、かえって敵の闘志を誘いだすことになる。

体をはたらかさず、体に根ざさない小手先の動作で、チョッチョッと撃ち突きするのは、かえってわが墓穴を掘ることになるわけである。

明治初期、示現流、薬丸自顕流《やくまるじげん》を修めた薩摩人は、試合の勝敗のみを重んじる、剣術を軽視していた。

「近頃《ちかごろ》の剣術は爪先立《つまさきだ》って右半身《はんみ》の姿勢から、手先ばかりの打撃をくりだすばかりではないか。太刀と体がはなればなれになっているので、すべては小技である。ことに左方より打ちこむとき、左足を踏みこまず、手と足がはなればなれになっているのは、不自然としかいいようがない」

「およそ真剣をふりかざしての闘いにのぞむときは、人間の本能として、どうしてもわが身を守ることを考え、防禦本位《ぼうぎょ》の小技のみを出すことになる。腕も縮むので、わが刀の鍔《つば》で敵の頭を打ち割る覚悟で、思いきって深く踏みこんで、ようやく切先が敵の眉間《みけん》にとどくのである。刀の物打ちどころで敵を斬ろうとすれば、空《くう》を斬り、地面を打ち叩《たた》いて刀身を曲げるのみである。そうなるのは、心が臆《おく》しているためであって、日頃から道場で三尺八寸の竹刀《しない》を軽やかに舞わせ、かすめ打ちで勝利を得ている者に、実際の場で人を斬るほどの確かな技をだせるはずがない」

実戦では、敵を斬り倒したあとは、気合が抜け虚脱するものだという。

このため幾人を斬り倒してもなお、あらたな敵に対する覚悟がなければならない。ところが道場の板間での活躍をもっぱらとする剣士のうちには、一撃したのち敵に背をむけ得々としている者が多いと、薩摩人は慨嘆している。

三本勝負というのも、不自然なものだと彼らはいう。相撲は一本勝負であるからこそ、たがいに全力をこめてたたかい、その気迫が見る者を感動させるのである。

道場では立ちあうなり身軽くふるまい、太刀先がいくらかでも当れば、打ちこみが軽かろうと、太刀筋が曲っていようと気にもせず、たちまち相手からはなれる剣士がいる。

そのうえで、雨に打たれて啼《な》く山羊《やぎ》のような声色で、「おめーん」などと長く尾をひき喚《わめ》きたて、審判の気をひいて一勝を得ようとする。

気合のこもっていない稽古《けいこ》をいくら重ねても、無駄《むだ》な努力というものである。

実戦において、もっとも有効な太刀筋は、左右の袈裟掛《けさが》けであるという。突かれても袈裟に斬れば勝つ。いっぽうの小手を斬られても片手袈裟で勝つ。

示現流では立木《たてぎ》打ち、薬丸自顕流では横木打ちという、打ちこみの稽古法がある。いずれもトンボの構えからのひねり打ちで、左右の袈裟斬りをくりかえすのである。

日本刀とおなじ長さのユスの木で、立木打ちを試みると、切先三寸の物打ちどころで打つには、立木の間近に近寄らねばならないことに気づく。

立木が人であれば、衝突せんばかりに接近しているわけである。真剣で敵を斬るとき、わが太股《ふともも》を敵の股《また》のあいだへ踏みいれねば、刀がとどかないといわれる理由が、たちどころに分る。

西南の役で、薩軍が抜刀攻撃をはじめたのは、火器に不足し、弾丸を消耗しつくしたあげくの、窮余の策であった。

薩軍は鹿児島を進発するときから、戦闘の準備をろくにしていなかった。百姓町人から徴募した糞《くそ》鎮台の守る熊本城など、一日で抜けると軽視していたからである。

戊辰《ぼしん》の役では、薩軍は抜刀攻撃をほとんど行っていない。鳥羽伏見《とばふしみ》の戦闘では、薩軍に武士が多くいたので、幕兵と刀で渡りあう場面もあったが、北陸から会津へ転戦する頃になると、武士は将校のみで、兵士はならず者の集団であったといわれる。

会津の戦いでは、盆地を埋めるほどに攻めこんできた官軍は、ほとんどが小銃火器を扱うすべだけを知っていて、剣術など武芸はまったく心得ていなかった。

そのため斬りあいとなると、会津武士に追い散らされるが、火器をもって圧倒し、勝利を得たのである。

当時の薩長勢は、新鋭火器に頼り、銃砲の力で旧幕府勢力を撃破した。維新後、武士の表芸といわれる剣槍《けんそう》の道が、極端にすたれたのは、戊辰の役で火砲の力が認められたためであった。

日本刀で斬りあうのは、異常な精神状態にならねばできることではない。頑強《がんきょう》な肉体をそなえ、元気に動きまわっている壮漢の体を斬り裂き、命を奪う手仕事である。

奈良県天理市の古刹《こさつ》長岳寺本堂へいってみれば、われわれの先祖が戦闘のたびに、どのような光景を展開していたかが、よく納得できる。

長岳寺の天井板は、戦国時代松永弾正《だんじょう》に襲われ亡《ほろ》ぼされた、十市《とういち》氏の居城の廊下板である。

長岳寺では供養《くよう》のためにその板を天井に張っているのだが、全面に、血染めのてのひらの痕《あと》、素足の痕、足なか草鞋《わらじ》の痕が残っている。

それらは、転倒し、もがき、走りまわったので、いたるところに擦過《さつか》する血の筋をひいている。

私は以前、警察小説を書いたとき、殺人事件の現場写真を見たことがある。八畳の応接間で二人をハンマーで殴殺《おうさつ》し、廊下で一人を殴殺した現場であったが、血しぶきは天井まで飛び、床には犯人が靴下《くつした》を脱がねば歩けないほど、血液が流れていた。

戦国時代には、人の死ぬことが、さほど大事とは思われていなかったようである。あきらめと馴《な》れによって、死が身近にひき寄せられていたのであろう。

明治十年（一八七七）西南の役は、いまから百余年まえであるが、弾薬に窮した薩軍は戦国時代さながらの、屍山血河《しざんけつが》の白兵戦をおこなった。

七個大隊約一万三千人の薩軍が、鹿児島を進発した明治十年二月十五日の朝は、五十年来の大雪で、市内の積雪は一尺に及んだ。

私学校隊四千人は、午前四時に旧練兵場に集結した。兵士に制服はない。服装、武器はもとより、東京に達するまでの旅費もすべて各人の自弁であった。

筒袖袷《つつそであわせ》に白木綿兵児帯《へこおび》のいでたちの者が、もっとも多い。マンテル服、陸海軍制服のうえに帯を締め、日本刀を差した者もいる。

彼らは自宅、田畑を売却して旅費、銃器をととのえていた。

国分郷の郷士服部喜義は、のちに田原坂《たばるざか》の激戦で殊勲をたてたが、従軍の費用をようやく調達できたので、感激して実感あふれる一首をものした。

「わがやどは　きびし貧者でござるなり　銭借り出して　嬉《うれ》しかりけり」

同日、篠原国幹《しのはらくにもと》指揮の一番大隊、村田新八指揮の二番大隊が鹿児島を立った。

翌十六日は永山弥一郎指揮三番大隊、桐野利秋指揮四番大隊が進発。十七日朝には池上四郎指揮の五番大隊とともに、陸軍大将の略服制帽をつけた西郷隆盛が、砲隊をひきつれ鹿児島を去った。

薩軍の熊本城攻囲が開始されたのは、二月二十二日早朝であった。

熊本鎮台谷少将は、二月十九日小倉《こくら》連隊を入城せしめ、糧米五百石《こく》を城内に搬入し、籠城《ろうじよう》の支度をととのえていた。

砲台を増設し、橋梁《きようりよう》を破壊、交通壕《ごう》、木柵《もくさく》を構築し、地雷埋設、城外民家の焼払いをおこない、戦の準備を急遽《きゆうきよ》おこなう。

二十日に至って薩軍使者が西郷大将上京趣意書をたずさえ、樺山《かばやま》参謀長に面接したが、樺山は薩軍の上京を阻止する意図をあきらかに示した。

「兵器をたずさえ国憲を侵し、しいて城下を通過する者は、すべて武力によって制圧するものである」

熊本城攻撃の総指揮官は、池上四郎であった。

正面から二千人、背面から千二百人が攻撃にあたった。池上、桐野らの正面軍は、飯田丸、千葉城守備の鎮台と交戦するが、銃砲撃をくらって死傷続出のため、正午にはいったん攻撃を中止した。

花岡山から突入しようとした背面軍も、苦戦をつづけた。三番大隊一番小隊長辺見十郎太は、砲弾の破片で額に深手を負った。

五番大隊七番小隊長、宇都宮良左衛門は突進して城門に辿《たど》りついたが、全身蜂《はち》の巣のように射抜かれ、即死する。

「宇都宮　撃たるる身とは　なりにけり」

さっそく一句をひねった仲間がいた。


二月二十二、三の両日、熊本城を力攻し陥落させられなかった薩軍は、長囲の策をとることになった。食糧弾薬、援軍を阻止して、籠城軍を窮地に追いこむのである。

熊本城の激戦がはじまった二十二日朝、村田三介を長とする薩軍小隊は熊本を出発し、植木街道を北上した。

熊本に南下してくる官軍増援部隊を阻止するとともに、軍用物資の補給拠点を確保するためである。

村田隊が植木にむかっている頃、小倉の第十四歩兵連隊の一部が久留米《くるめ》を出発、熊本城にむかっていた。

両軍は午後七時、植木南方向坂《むこうさか》で遭遇、激突した。村田隊は寡勢《かせい》であった。薩軍小隊の編成は二百人であるから、村田隊の人員もさほど多くはなかったであろう。

臨時に編成された別働隊であるため、携行する弾薬も乏しい。充分な装備をととのえた、乃木希典《のぎまれすけ》少佐の指揮する第十四連隊に、火力、兵数ともに劣っている。

村田隊は乃木連隊に圧倒され、火砲は沈黙した。こうなれば散開して、肉迫攻撃をかけるほかはないと、村田三介が覚悟をかためたとき、暗中に遠雷のような轟《とどろ》きと、地響きが聞えてきた。

「こや、敵襲じゃっど。各々《おのおの》抜刀して突貫してくりょっ」

村田は死ぬ覚悟で、兵たちにいった。

待ち構えるうち、遠雷のように聞えたのは、突撃の喚声とわかった。

「味方が来いやったのか」

怪しんでいるうち、伝令が小旗を打ちふり、走ってくる。

「村田小隊長、友軍の伊東隊であい申《も》す。ただいま応援に駆けつけてござい申す」

「うむ、こや、あいがたか」

村田隊は応援にきた伊東直二隊とともに、白刃《はくじん》をつらね敵陣へ殺到した。

官軍はしきりに撃ってくるが、暗夜を利して斬りこんでゆく。示現流、自顕流のすさまじい刃風に、鎮台兵は銃剣刺突で対抗するすべもなく、崩れたった。

「チエェーイ」

「キイエェーイ」

甲声《かんごえ》はりあげての斬りこみの凄《すさ》まじさには、逃げるよりほかはなかった。

抜刀を叩きつけ、荒れまわる薩軍は、はじめて戦捷《せんしょう》の喜悦をあじわい、愛刀に血を吸わせた。

官軍は退却の途中、乃木少佐までが馬上で斬られ落馬する。馬側を守っていた伍《ご》長《ちょう》が乃木のうえに身を挺《てい》し、かろうじて危機を逃れさせた。

敗走の途中、連隊旗も奪いとられた。軍旗を奪取したのは、伊東隊の吉野郷士岩切正九郎であった。

岩切は敵を深追いして、本隊にはぐれた。途中、伊東隊の夫卒であるという男と出会い、二人で戻る途中、段々畑にさしかかった。

疲れている岩切が、足を踏みしめ登るうち、前をゆく夫卒がふりかえり告げた。

「敵ごあんそ」

「どこにおっか」

岩切は地に身を沈め、高みをうかがう。

段々畑の中途に、辺りをうかがっている官軍の兵がいる。岩切は忍び寄り、一刀で叩き斬った。

即死した鎮台将校らしい男の服をはぎ、持物を奪おうとすると、腰に旗を巻きつけていた。

「こげん物はいらんど」

岩切は旗を夫卒にやった。

夫卒は帰隊して、伊東隊長にそれを差しだす。旗は第十四連隊旗であった。

この挿話《そうわ》は有名であるが、乃木連隊が軍旗を失うほどに四分五裂したのは、抜刀攻撃の威力によるものと知った薩軍は、射撃戦からもっぱら肉弾戦をおこなう方針に、きりかえた。そうすれば、欠乏しがちな火力を補うことができる。

植木の戦闘にひきつづき、田原坂の戦いがはじまった。神戸から輸送船で博多に到着した第一旅団、第二旅団四千人が、翌日木葉《このは》附近で薩軍に遭遇した。

木葉を陥《おと》されると、熊本までは二里半をあますのみである。村田隊伝令の急報を聞き、薩軍六個小隊が木葉に急行した。

薩軍は一番大隊、二番大隊の精鋭である。私学校、銃隊学校の生徒たちであった。荘内の郷士の倅《せがれ》、三原駒弥太《こまやた》も、私学校隊の兵士として、木葉の戦いに参加した。

駒弥太は二十一歳、薬丸自顕流の奥儀《おうぎ》に達していた。自顕流の技は、十種しかない。右トンボ、左トンボからの斬りおろしが、その第一である。

技の二は左右トンボの構えからの、つづけ打ちである。数十回の連打を「チェェーイ」という甲声をあげるうちにおこなう。

技の第三は懸《かか》り打ちである。立木の十数歩まえで右トンボにかまえ、充分に腰をおとしたまま走りかけ、立木の一間手前から一気に飛びこみ斬りこむ。

飛びこみは空中を飛ぶのではない。体は泥田《どろた》に車をひきこむように、下から押しあげる心地である。

後足の踵《かかと》はまっすぐ浮かせ、親指の爪先を立てて、動いたあとに一直線に土がえぐれていなければならない。

飛びこむと同時に左右の打撃をたてつづけに七、八回おこなう。

技の第四は、槍に対する早捨《はやしゃ》。技の五は抜《ぬ》きである。早捨は剣付鉄砲を擬《ぎ》して迫る敵に、抜きは夜襲の際、低い姿勢からの斬りあげに効果がある。

技の六は長木刀《ながほくと》。これも長柄《ながえ》の薙刀《なぎなた》などに対する技である。

第七は打廻《うちまわ》りである。

この技は懸り打ちと同様、乱戦にもっとも効果をあらわす技であった。

打廻りをするには、まず人の背丈ほどの細い立木十数本を、二間から二間半の間隔を置き、地面に立てておく。立木のうえに半頭《はつぶり》（陣笠《じんがさ》）をかぶせておくこともある。

打ち、懸り、早捨、抜き、長木刀のすべての技を会得していなければ、打廻りはできない。

打廻りは、右足を踏みだし右トンボに構え、腰をおとして立木に走りかかり、地底まで切りこむ勢いで打つ。

打ち棒のあたる位置は、自分の肩とおなじ高さのところで、袈裟がけの引き斬りとする。

つづいて左、右、正面、の立木に飛びかかり、第二、第三の打ちを、右トンボ、左トンボの体勢から自由に打ちこむ。

技の八は小太刀、九は槍留《やりどめ》、十は室内での刀法である。室内では刀身を横に寝かせた置きトンボの体勢をとる。

薬丸自顕流の免許は竹斬りである。直径三寸の唐竹に藁《わら》を巻き、さらに縄《なわ》で巻き締めて七寸ほどの太さにしたものを、一晩水に漬《つ》け、翌朝それを地面に立て、真剣でトンボ斬りする。見事に斬れれば免許をゆるされるが、よほど手のうちが締っていないと、両断することはむずかしい。

三原駒弥太は、十九歳のとき免許を得た。彼の打撃は衆にすぐれてつよい。痩《や》せているのだが、胸板が厚い。

肩が張り、体の横幅のひろい者より、円筒形の体格の者のほうが、打ちこみが先天的につよいものである。

駒弥太の打ちこみは、師匠の薬丸半左衛門にもたかく評価されていた。駒弥太の実家は、富裕な郷士で、彼は四人きょうだいの末息子であった。

生れ育った環境のためか、鷹揚《おうよう》で事に及んで怯《おび》えるところがない。度胸がいうえに、抜群《ばつけもん》の剣技をそなえ、相撲においても私学校では三役の実力を有しているので、乱暴者にうやまわれ、喧嘩《けんか》をふきかけられたことがなかった。

ただ、彼は意識せずに郷中《ごじゆう》や私学校の規則を破ることがあった。門限に遅れたり、女性と立ち話することが度々であったが、彼のわるぎのない性格が知れていたため、それによって、制裁をうけたことがなかった。

駒弥太は、薩軍の鹿児島進発のときも、失策を冒した。一月十五日早朝、篝火《かがりび》があかあかと燃える旧練兵場に集結するとき、駒弥太は素足に薩摩下駄《げた》を履いていた。

進発に際しての足ごしらえは、脚絆《きやはん》、草鞋といい渡されていたが、深い雪に歩きにくいので、途中で履きかえればよいと軽く考えて出てきた。

練兵場へ出てみると、銃器、弾薬の受領、装具の準備に追われ、下駄のことは忘れてしまった。

やがて夜は明けはなれた。私学校隊四千余人が隊伍を組むと、進発を見送るため、西郷隆盛以下の幹部が、全員顔をそろえた。

「どん人が西郷先生じゃろかのう」

「あの相撲取いごたる、ふとかお人が、そうじゃなかか」

「そんごたる。そうじゃ、そうじゃ」

隊伍のあいだから、私語が湧《わ》きおこった。

ラッパが吹かれ、兵士たちは列をととのえ銃を手に、直立不動の姿勢をとる。

練兵場が静まりかえったとき、第二大隊長村田新八が、大音声《だいおんじよう》で喚《わめ》きたてた。

「こんなかに、下駄履きのばかもんがいっど。前へ出よ、雪んうえに跡がついておってなかか」

言に応じて、列伍のなかから一人が歩み出た。駒弥太である。

「貴様、何奴《やつ》じゃ」

「第二大隊第一小隊、三原駒弥太ごわす」

駒弥太は、語尾をはねる勇壮な口調で申告した。

「ばかもんが、貴様軍令に背いたな、こん場で斬い棄つっ。前へ出よ」

駒弥太は背負袋と小銃を背中にくりつけた軍装のまま、下駄をぬぎすて、はだしで大股《おおまた》に村田新八のまえへ、歩み寄った。

村田が刀の柄《つか》に手をかけた。

篠原国幹が走り寄り、村田の手もとを押える。

「まあ待っちゃらんか。大先生《おお》も許してやれと言うておられっもんで」

村田の激昂《げっこう》は、ようやく納まった。

列中に戻った駒弥太は、朋輩《ほうばい》にいった。

「俺は早くも命ば失うた。いったん死んだ者は二度とは死なん。戦じゃ思いきってはたらくど」


三原駒弥太は、木葉ではじめて官軍と対戦した。彼の属する小隊二百人は、本隊と分れ、側面の山中を迂回《うかい》し、官軍の右方へ出た。

隊員のなかには、熊本城攻囲のあいだに敵を斬った者が、四、五人はいたが、おおかたの者は未経験であった。

駒弥太たちは戊辰の役の経験者に教えられるまま、鍔孔《つばあな》に手貫緒《たぬきお》を通し、輪にむすんで下げていた。

斬りあいになると、柄が血で滑ってとりおとすことがあるので、手貫緒をひとひねりして右手首に掛けておくのである。

さかんに薩軍へむけ銃撃を浴びせている、官軍の隊列を見下す高所へ出ると、小隊長が命じた。

「草鞋をたしかめ、帯紐《おびひも》を締めよ。刀を抜け」

駒弥太は刀を抜きはらうと、手貫緒を右手首にかける。

「支度はよいか」

小隊長の声に、辺りが静まりかえる。

斜面の灌木《かんぼく》が昼さがりの陽《ひ》を浴び、光っていた。

「突貫」

甲高い号令が空中を走り、駒弥太たちは抜刀を右肩にかけ、斜面の茨《いばら》を踏みつぶし、駆け下りはじめた。

誰からともなく、喉《のど》も裂けよと喚声をあげはじめる。駒弥太も歯を剝《む》き喚きたてた。足が宙を飛ぶが、倒れない。彼の前後左右を、剣光をきらめかして戦友が鹿《しか》のように跳躍しつつ、斜面を下ってゆく。

「わああっ、わあああっ」

二百人の喚声は、むかいの山肌《やまはだ》にこだましていた。沸きたつ銃砲声のなかでも、はっきりと聞きとれる。

眼下の官軍陣地が、動揺のいろを見せてきた。鎮台兵が、銃口をこちらにむけ射《う》ってくるが、しだいに隊形を崩しはじめた。

銃をもったまま、立ちあがり逃げてゆく者がいる。

「敵襲」

陣中に声があがると、いままで前面の薩軍を狙撃《そげき》していた散兵が、斜面を駆け下り野原を土煙をあげ突進する抜刀隊を見て、八方に逃げ散る。

兵隊は銃を棄て、将校は刀を放《ほう》りだして死にものぐるいに走る。二百人の抜刀隊は一個の巨大な生命体であるかのように、うねりつつ彼らを追う。

新手の官軍が、前面に散開し、勇敢に応射してくる。耳もとを短かい擦過《さつか》音をのこし、銃弾が飛ぶ。

重い響きをのこし、味方が弾丸を受け倒れはじめると、駒弥太の胸に殺気が湧きおこった。

彼はいつのまにか突撃する集団の先頭に立っている。官軍の散兵線から人影が立ちあがった。将校は刀を手に、兵隊は銃剣《バヨネット》を装着した小銃を構えている。

駒弥太は無意識に刀を右トンボに高く捧《ささ》げた。そのまま打廻りの呼吸で腰をおとし、敵影に駆け寄ってゆく。

彼は突きだしてきた銃剣を払うなり、左トンボから敵の首筋へ袈裟《けさぎ》斬りの太刀をうちこむ。

「チェエエーイ」

軍服の襟《えり》もとから乳下まで、引き斬りの刃が一気に斬り裂く。

充分に寝刃《ねたば》をあわせた刀は、革紐、尾錠に斬りつけても刃こぼれしない。

返り血が噴きあげてくるのを右肩に浴びつつ、駒弥太はつぎの人影に右袈裟に斬りつけた。

銃をわがまえに突きだし、身を硬《こわ》ばらせた兵卒は、したたかに斬られ、一太刀を浴びただけで地に伏した。

三人めの敵は将校であった。上段から斬りこんでくるのを、駒弥太は早捨の要領で刀の棟《むね》ではねあげておいて、右トンボから斬りさげる。

敵は刀を捨て、両手で駒弥太の刀身をにぎりしめる。駒弥太はとっさに足をあげ、相手を蹴倒《けたお》した。

味方は右へ走り、左へ躍りかかって白刃をふるっていた。敵は退却をはじめた。駒弥太たちの後方から、土煙をあげ、味方が密集隊形で前進してきた。

駒弥太は敵を探し求めるが、辺りは味方ばかりであった。敵弾は雨のように地面に突き刺さり、埃《ほこり》を捲《ま》きあげている。血に酔った駒弥太は恐怖を感じなかった。

敵を斬るのは、このように簡単なものかと、彼は驚きを禁じえなかった。人間の衣服や肉、骨を斬るのは、藁を巻いた竹を斬るよりも、はるかに楽であった。

何の手応《てごた》えもなく、ただ刀を振っただけで、敵の体が裂け、血潮を奔騰《ほんとう》させる。斬りあいの場で仲間が撃たれ、倒された瞬間から、駒弥太は戦う機械になった。やらねばやられるのである。

木葉の戦いで官軍は敗れ、高瀬北方まで退く。征討軍主力が頽勢《たいせい》をもりかえそうと、戦闘に参加し、二十七日まで高瀬を中心に激戦がつづいた。

薩軍も西郷隆盛の弟小兵衛が戦死したのをはじめ、死傷者続出して、二十七日夜、高瀬から撤退し、田原坂から山鹿《やまが》にかけて、要撃線を築いた。

駒弥太は田原坂左翼の陣地にいた。

田原坂は起伏の多いなだらかな丘陵地帯であった。坂の中腹に建てられた戦役記念碑には、戦闘の様相が記されている。

「それ田原の地たるや両崖壁立径蹊崎嶇《けいちきく》、賊精鋭をことごとくして堅塁を築き、咆哮《ほうこう》出没虎狼《ころう》の如《ごと》きあり。要害形を異にし攻守勢いを殊《こと》にす。しかしてわが軍死して戦うこと昼夜を分たず十有七日にして、遂《つい》にこれを抜く。死傷四千余人なり。この役たるや鏖戦《おうせん》前後数百、しかしていまだ田原坂の劇のごときはあらざるなり」

田原坂正面に布陣したのは、別府晋介《しんすけ》、篠原国幹の六個小隊千二百人。右翼は桐野利秋の三個小隊六百人、左翼は村田新八の五個小隊千人が固めた。

征討軍第一、第二旅団の司令官は野津鎮雄《しずお》と大山巌《いわお》であった。第三旅団長は三浦梧楼《ごろう》である。

村田新八は、野津と大山が立ちむかってきていると知って、嚇怒《かくど》した。野津たちは政府の腐敗俗吏の先棒を担《かつ》ぎ、西郷先生に刃向ってきたのである。

戦闘は三月三日から開始された。両軍主力部隊が田原坂で衝突したため、未曾有《みぞう》の激戦となった。

官軍は銃砲撃の雨を降らせる突撃を敢行する。山容があらたまるほどの砲火をそそいだのちの攻撃は、薩軍の抜刀隊の斬りこみを受け、たちまち挫折《ざせつ》した。

駒弥太たちは砲撃のあいだは浅い塹壕《ざんごう》や岩蔭《いわかげ》に伏せていて、敵が攻め寄せてくると地形を利して側面に忍び寄り、殺到して斬りまくる。

官軍は攻撃のたびに死傷者はふえるばかりであった。首を斬られた屍体《したい》、脇腹《わきばら》を大きく裂かれた屍体、手足を斬りはなされた怪我人《けがにん》が、担架、もっこで後送されてゆく。むごたらしい傷痕《きずあと》を見た鎮台兵たちは、意気沮喪《そそう》し、薩軍抜刀隊の喚声を聞いたのみで、転がるように逃げ走るほど、怯えた。

毎日、六、七十万発の小銃弾を発射しても、官軍は一歩も進めなかった。死傷者は日に百五、六十人も出る。

駒弥太たち私学校生徒は、敵の正面に立って戦うので、消耗ははげしく、人数は半ばちかく減っていた。

駒弥太は、すでに二十人ほどの敵を斬っている。手疵《てきず》を負わせた者は数えていなかった。

はじめのうちは、戦場へ出ると辺りはうすぐらく、景色も見えない。またいかに敵味方咆哮しあい、銃砲炸裂《さくれつ》して耳を聾《ろう》する場にいても、水中に潜っているかのように物音が耳に届かなかった。

だが斬りあいの場数を踏むにつれ、景色はよく見え、物音が聞えるようになった。進歩したのはそれのみで、敵と斬りあう際の、自分の動きは全然覚えていない。

わが刀を打ちこんだときの、敵を倒した記憶だけは残っているが、どのようにして倒したのかは、思いだせない。夢のなかでの出来事のようにおぼろである。

三月十四日の払暁、田原坂段々畑の胸壁に、はじめて官軍巡査隊十人が突入してきた。薩軍抜刀隊に悩まされた官軍は、各地士族のうち剣術に長じた者を巡査に採用し、抜刀攻撃をおこなわせる計画を、実行に移したのである。

空が白むまえに、巡査隊は田原坂横手水車場から谷をよじ登り、這《は》い進んで薩軍陣営に侵入した。

彼らが忍び寄ったのを、薩軍は気づかなかった。いきなり斬りこまれた塹壕では、五、六人が瞬間に斬り倒された。

「敵がきたぞ。こっちじゃ」

叫び声と剣戟《けんげき》の響きにはね起きた駒弥太たちが、刀を手に駆けつけると、巡査隊はもはや逃げ去ったあとであった。

駒弥太はただちに戦友十数人とともに、敵のあとを追った。ヒトチイ谷という谿《たに》間《あい》に出たところで、駒弥太は戦友とはぐれた。

霧が出て、前後の地形を探ることができない。やむをえず、彼はおなじ場所にうずくまっていた。声を出せば、敵が近所にいて気づくかも知れない。

一時間ほど待つうち、霧が流れはじめ、やがて周囲の地形が見えてきた。駒弥太はひとりで谿間の小径《こみち》にたたずんでいた。

早く帰らねば危険だと、彼は陣地の方角へ急いだ。空は明けはなれ、銃砲声が空をひき裂く轟音《ごうおん》をたてはじめた。

駒弥太は小径の角を廻《まわ》りこんだとき、思わず立ちすくんだ。

眼前一間とはなれていない場所に、巡査の制服を着た敵の群れが、立っていた。五人だと、駒弥太はとっさに見てとる。

「貴様、薩賊だな」

巡査たちはいうなり刀を抜く。

崖《がけ》を背にした駒弥太は、刀を抜きトンボに構える。間合をとる余裕もなかった。巡査たちはいっせいに斬りつけてきた。

やられる、と思ったとたん、駒弥太の意識は空白になった。

どのようにして戦ったのか、彼は覚えていない。気がつくと陣地に帰っていた。ともに巡査隊を追跡した戦友たちは、さきに戻りついていて、駒弥太を見ると走り寄ってきた。

「三原、怪我はないか。俺《おい》どま、お前《は》んを見失い、気にしちょったど。この血はいけんしやった。怪我したとか」

「いや、そうでんなか。俺は道に迷い、ここへ帰る道で巡査五人と会い、斬い棄つっごたるが」

「そいは豪儀でなかか。一人で五人をば斬ったか。さすがは三原じゃ」

駒弥太は首を傾《かし》げる。

「待っちくいやんせ。俺は巡査五人はおろか、一人も斬ってないかも知れんど」

「そん事《こつ》があっか。斬い棄てず、いけんして戻ってきやったど」

「そいが分らんとじゃ」

いきなり危険に直面しての、無我夢中の斬りあいであった。

駒弥太は、戦友たちと現場を検分に戻ってみることにした。官軍は銃砲撃をはじめていたが、まだ突撃をしかけてくる様子はなかった。

「いまんうちに、たしかめて来《き》もそ」

駒弥太たちは、間道を走った。

「こっちじゃ、この下ん辺りじゃったと思うが」

谿への道を下ってゆくと、道のうえに綿のような血が点々と落ちている。

「やっぱい、こっちじゃ」

現場に戻ってみて、駒弥太は声をあげた。

道のうえから、くさむらにかけ、五人の巡査が倒れていた。いずれもことされている。

「三原どんはおそろしか腕じゃ。五人とも一太刀、しかも右袈裟で首筋へ打ちこんでおっど」

戦友のいう通り、駒弥太は夢中で闘ううち、得意の右袈裟で五人を倒していた。

「剣術ん稽古《けこ》は、おそろしかもんじゃ。頭で何も思わんでん、得意技が出るのじゃなあ」

駒弥太は感じいった。

巡査隊が田原坂陣地に、抜刀攻撃をしかけてきたと報告をうけた篠原国幹は、麾《き》下《か》小隊に告諭した。

「敵も士族抜刀隊を徴募編成したようじゃ。こんのちは、今までんごたる手応えんなか糞《くそ》鎮台ではなかど。抜刀で仕掛けてくっにちがいなか。こっちも腰をすえて迎え討たにゃいけん」

篠原の言葉の通り、翌日から巡査の抜刀隊が、薩軍陣地に斬りこみをはじめた。木葉から田原への二俣道《ふたまたみち》を、巡査隊は突きを主とした白刃《はくじん》攻撃で突進した。

三月二十日、植木薩軍陣営に巡査隊がなだれこんだ。営舎は火をかけられ、大砲二門、小銃二百挺《ちょう》が奪取される。篠原国幹がついに乱戦のなかで狙撃《そげき》され、戦死した。

この頃、私学校隊、銃隊学校の精鋭は、ほとんど死傷して、前線を退いていた。薩軍はまったく弾薬尽き、官軍が攻撃してくると石を投げ応戦する有様であった。

駒弥太の戦友は、敵弾によってほとんどが倒された。巡査隊が抜刀をふるい突撃しても、受けて立つ人数が薩軍陣営には不足していた。

駒弥太は毎朝十発の小銃弾の分配をうけると、それをポケットに入れ、巡査隊が斬りこんでくるのを待つ。一発の無駄《むだ》もないように、敵を近づけ狙撃する。十発で十人を倒そうと念いりに狙撃して、相応の効果をあげたのち、駒弥太は数すくなくなった戦友たちと、まばらな喚声をあげ、抜刀で敵を迎えうった。

村田新八の長男岩熊《いわくま》は、植木の前線で戦死した。伝令使として後方勤務についているところを、父親に叱咤《しった》され、敵中に突入して銃撃されたのである。

「俺は岩熊に、死に場を見つけてやったまでじゃ」

村田新八は息子の死を知らされても、平然としていた。駒弥太は自分が生きているのが、ふしぎであった。今日こそ死ぬ、と覚悟をきめながら、生きながらえていた。

彼は刀を幾振りかとりかえていた。斬りあえば、刀は刃こぼれし、曲る。使えなくなった刀は惜しげもなく捨て、戦死した友の佩刀《はいとう》を使う。

戦死者が続出し、人影のまばらになった塹壕に、私学校生徒が二人応援にきた。駒弥太は彼らを見ておどろく。

「お前《は》んら、生きちょったか」

二人は、荘内から私学校に入校した、少年たちであった。

一人は十六歳の伴兼之《ばんかねゆき》、いま一人は十七歳の榊原政利《さかきばらまさとし》であった。二人は秀才の聞えがたかく、明治十二年に私学校よりフランスへ派遣され、欧州の兵学を学ぶ予定であった。

「三原さあも、お元気でようごわした」

榊原はあやめもわからないほど汚れ、裂けやぶれた薩摩絣《がすり》の筒袖上衣《つつそでうわぎ》に小銃を背負い、垢《あか》にくろずんだ頬《ほお》をほころばせる。

「ここへは、敵の巡査隊はくっでごわすか」

伴兼之に聞かれ、駒弥太はうなずく。

彼は二人をわがまえに坐《すわ》らせ、教えた。

「ここに三日もおって、まともにはたらきゃ死ぬど。お前《は》んらはまだ若けもんな、敵がくりゃ、胸壁ん下でん隠れっがよか。巡査隊は手強《てごわ》か、お前《は》んらが斬いおうて、勝てっ相手でんなか」

駒弥太は、二人の少年を犬死にさせたくはなかった。彼らには才能にふさわしい生きかたがあるはずであった。

「俺《おい》は人を斬い馴《な》れておっ。敵が攻めっくりゃ、任せっちくれ。よかじゃな」

駒弥太たちは、それから二十五日を生きのびた。

駒弥太は巡査隊が突撃してくるごとに応戦し、血みどろの白兵戦のただなかに、身を投げいれたが、かすり傷ひとつ負わない。

猛砲撃が一時間以上続いても、彼の塹壕は土砂をかぶるのみであった。

四月二十五日、田原坂西方三之嶽《さんのたけ》の薩軍陣地が陥落したのをきっかけに、薩軍は全軍に退却を命じた。

もはや、田原坂は支えられない。八代《やつしろ》、日奈久《ひなぐ》に官軍別働隊が上陸し、田原坂の薩軍は腹背に敵をうけたのである。

田原坂攻防戦で、官軍の戦死者は千六百四十一人に達していた。

「俺は逃げげん、いまさら逃げては死んだ仲間に顔向けできん」

駒弥太は伴と榊原に、退却をすすめた。

「お前《は》んらは、もう働きすぎちょったど。早う退くがよか」

「三原さあは、どげんなさいもすか」

「俺はのう、大山か野津の首ば取ってのちに、引き揚ぐっど」

駒弥太は、二少年に約束した通り、実行した。

伴、榊原の二人が後退していったのち、駒弥太は附近の竹藪《たけやぶ》に隠れた。

彼は伴少年が、退却の途中敵弾をうけ死亡したのも知らず、翌日までただ一人、ひそんでいた。

翌朝、鎮台兵が人気《ひとけ》の絶えた田原坂へ、続々と登ってきた。駒弥太が様子をうかがううち、垂れ駕籠《かご》が登ってくるのが見えた。

見守るうち、駕籠が眼前を通りすぎてゆく。乗っているのは、将官の軍服をつけた大山巌であった。

「チエエーイ」

駒弥太は夢中で駆け寄っていた。

駕籠脇に付き添っていた将校たちが、拳銃《けんじゆう》を彼にむけ発射したが、彼の動きはとまらない。打ち廻りの動作が、自然にあらわれていた。

彼は将校二人を袈裟掛けに斬りすて、大山巌の眼前に走り寄ろうとして、小銃の一斉《いっせい》射撃をうけ、ついに倒れ伏した。

駒弥太は将校を斬ったとき、すでに身に五発の銃弾を受けていた。薬丸自顕流によって培《つちか》った気魄《きはく》が、彼を動かしていたのである。

（参考文献／南日本新聞社編『鹿児島百年』）

剣光三国峠

明治十年二月二十二日、薩軍《さつぐん》による熊本城攻囲で西南の役ははじまった。

熊本城救援のため、福岡、久留米方面から南下した官軍は、植木、田原《たばる》の要衝に拠《よ》る薩軍に前途をさえぎられ、苦戦を強《し》いられる。

だが、三月後半にいたって、熊本南方の日奈久《ひなぐ》に官軍別働第二旅団、続いて第三、第四旅団が上陸し、薩軍陣地の背後を衝《つ》く大進撃を開始して、戦勢を一変させた。

薩軍は、鹿児島進発のときから、火器弾薬をろくに携行していない。小銃一挺《ちよう》につき、弾丸百発ほどの用意しかなく、それは一度の合戦に用いるにも足りないほどの量である。

官軍の豊富な火砲によって、腹背から猛攻をうけた薩軍は、やむなく熊本城の包囲網を解き、大津、御船《みふね》、健軍《たけみや》の西南部に後退するが、五万の官軍に押され、各戦線で敗北を続け、ついに人吉《ひとよし》に後退する。

薩軍は人吉に大本営を置き、鹿児島、宮崎、大分方面に戦線を張る計画をたてるが、六月一日には、人吉は陥落した。

大分県に薩軍が進出したのは、四月中旬の熊本退却の後である。奇兵隊と称する別働隊で、隊長は野村忍介《にんすけ》であった。奇兵隊はその名の通り、官軍の手薄な豊後《ぶんご》に進出すると、竹田《たけた》、三重《みえ》、臼杵《うすき》とあばれまわり、熊本聯隊《れんたい》は、奇兵隊を撃滅するために、一カ月余のあいだ、豊後の山中で苦しい掃蕩《そうとう》戦をつづけてきた。

六月十日の夜、熊本十三聯隊、第二大隊第四中隊長代理の佐武広命中尉《ちゆうい》は、臼杵の浜辺の官軍夜営で、ひさしぶりに潮の香をかいでいた。彼は、和歌山に生れ育ち、海洋に馴《な》れ親しんで育ったので、碧瑠璃《へきるり》の色をたたえた海原をみるだけで、機嫌《きげん》がよくなるのである。

「お前ら、明日は酒を徴発してきて、たっぷり呑《の》ませちゃるぞ。魚も食わしてやる。いままで山中ばっかり駆けずりまわってきたさかい、ここで二、三日は休息できるやろ。聯隊長はんも、疲れてるやろしなあ」

彼は、天幕のなかでランプの火をちらつかせ、寝そべっている兵隊たちにねぎらいの言葉をかけた。

「ありがとうございます」

兵隊たちは、操兵に熟練した三十八歳の佐武中尉を信頼していた。

中尉は紀州藩小普請小十人組《こぶしんこじゅうにん》の藩士であった頃《ころ》、田宮流抜刀術と柳剛流《りゅうごう》剣術の奥儀《おうぎ》をきわめていた。

その戦歴も豊かである。文久三年（一八六三）二十四歳で大和天誅組《やまとてんちゅうぐみ》追討に参陣し、長州征伐にも殺手隊《さって》に加わり活躍する。

明治五年、陸軍少尉として熊本鎮台に配属されたのちは、七年二月、江藤新平のおこした佐賀の乱の鎮圧に出動し、九月には台湾出兵に従軍する。

帰還後、陸軍中尉に昇進するが、明治九年十月二十四日夜、熊本敬神党神風連《じんぷうれん》の徒党が、政府の欧化政策に反撥《はんぱつ》して叛乱蜂起《はんらんほうき》した際、大功をたてた。

すなわち、鎮台の虚をつき、砲兵営、歩兵営を急襲して占領に成功した敵を、わずかの手兵をあつめて率先反撃して頽勢《たいせい》をたてなおし、勝機をつかみ、その際、聯隊長与倉中佐が敵に奪われた聯隊旗を取りもどした。彼の功績は天皇の上聞《じょうぶん》に達し、勅問《ちょくもん》をかたじけのうして、賞賜《しょうし》を得ることとなった。

奮戦の際に顎《あご》を斬《き》られたが、朝廷は侍従と侍医をつかわして、中尉の労をねぎらい治療にあたらせた。

その後、ふしぎなことに彼は大功績にもかかわらず、なぜか大尉へ昇進しなかった。中尉に任官してから、すでに二年が経過している。聯隊長与倉中佐は、彼に聯隊旗を奪回してもらわねば、割腹自決して責任をとらねばならなかったはずだ。

佐武中尉が昇進しなかったことから考えると、聯隊長は彼の大尉任官を推薦する上申書を、書かなかったことになる。その理由は、自身の失錯《しっさく》を陸軍上層部に公《おおやけ》に知らせたくなかったからであると、想像される。

佐武広命は、薩長いずれの閥《ばつ》にも属していない人物であった。このような下級士官の功績は、無視すべきだと、上層部の司令官たちが考えていたかどうかは分らない。

ただ、冷飯を食わされた中尉に対する、部下の人気は、それいらい一層たかまった。鎮台兵は、士族にクソ鎮とあなどられる百姓出身者が多いが、社会の下積みとして苦渋をなめている彼らには、佐武中尉の不運な立場がよく理解できたのである。

六月十一日午前三時、熟睡していた中尉は、大隊本部の伝令に揺りおこされる。

「中尉殿、ただちにお越し下さい。大隊長殿がお呼びです」

「なんじゃ、いまごろ」

充血した眼《め》をしばたたきつつ、中尉は本部のテントへ出向いた。

本部ではすでに大勢の将兵が起きていて、炊事の支度、軍馬の手入れなどで騒然としていた。

蠟燭《ろうそく》をたてた机上に地図をひろげ、見入っていた大隊長林少佐は、中尉をみると、「ご苦労」といった。

「聯隊長よりの命令だ。わが第二大隊のみ、午前四時に三重へむけて進発する。ただちに準備にかかれ」

「了解いたしました。ただちに進発準備をいたします」

復命したのち、中尉は大隊長に話しかけた。

「せっかく兵に休養させてやろうと思うたのに、残念ですな」

石川県士族で、四十五歳の大隊長に、佐武中尉は気やすくものがいえる。

「いや、まったくじゃ。儂《わし》も足のまめを治そうと思うたが、またこのまま草鞋《わらじ》をはかねばならん」

大隊長も苦笑いをしてみせた。

中尉は、三重という聚落《しゅうらく》へゆくには、臼杵《うすき》から西南方へ十二里も山道を辿《たど》らねばならないと聞いて、落胆した。山岳戦は、薩軍にいつ斬りこんでこられるか分らないため、四六時ちゅう神経をはりつめているので、疲労がはげしいのである。

午前四時、暗い梅雨空の下を、四百人近い将兵が、ほぼおなじ数の軍夫をともない、全身に水を浴びたように汗をかいて、行軍してゆく。重い軍装が肩にくいこみ、足が痛む。道路が湿っていて土埃《つちぼこり》がたたないのが、せめてものしあわせであった。

夜に入って、三重に到着した。火明りもわずかにちらつくだけの、貧寒とした小邑《しょうゆう》である。聚落の手前で大隊は足を停《と》め、数人の探偵《たんてい》がかすかな草鞋の足音を残し、町並に駆けこんでゆく。

まもなく探偵たちは戻ってきて、報告した。

「三重には敵はおりませんが、ここから二里ほど南の三国峠には、敵の大軍が陣取っているということですたい」

大隊の宿営地は、町内の禅寺にきまった。その境内《けいだい》は広大で、高台にあるため、敵の不意の攻撃をうけたとき、防ぎやすい。

ところが、間のわるいことに、寺の住職は非常な薩軍びいきであった。

「誰が官軍に寺を貸すと申した。いますぐ出ていってもらいたか。出ていかねば、西郷勢を呼び戻して、斬い込んでもらうが、よかか」

激しく叫びたて、抵抗するので、やむなくさるぐつわを噛《か》ませ、物置へ投げこむ。

兵隊たちはいらだっていた。風が落ちて蒸しあつく、蠅《はえ》のように大きな蚊が体を刺しにくる。住職の態度から、住民の敵意のほどがうかがわれ、井戸水を呑むにも警戒が必要である。

鼻先も見えないような暗闇《くらやみ》のなかから、いつ猿《さる》のような叫び声をあげて、薩軍が斬り込んでこないともかぎらない。

蚊にくわれ、寝不足の一夜を過ごすと、空の白む時刻から、銃の手入れをはじめた。敵にいつ襲われても応戦できるように、一分隊ずつ交替でおこなうのである。

手入れは午前中に終り、午後は休憩する。十二日は無事に暮れた。

十三日の昼前、佐武中尉は大隊本部に呼ばれる。大隊長は中尉に命じた。

「敵が重岡町に通じる三国峠に陣を敷いておるということだが、誰でもよい、将校が出て敵状を探ってきてもらいたいのだ」

中尉は自分の天幕に戻り、大隊の士官全員を招集して、その旨《むね》を伝えたが、士官たちは昼食に酒を呑み、疲労が一時に発しているので、はかばかしい返事をしない。

「俺はいやだ。まめを潰《つぶ》している」

「俺も、腹ぐあいが悪く、遠慮《せっこう》したい」

佐武中尉はやむなく、自ら斥候に出ることにした。

軍曹《ぐんそう》二名、伍長《ごちょう》一名、伝令一名と五人を連れ、寺の番人をつとめる老爺《ろうや》を道案内として、出発した。

周囲を警戒しつつ一里ほど進むと、意外にも官軍らしい人影が、陣地を構築して警備についている。兵力は一個中隊ほどである。

佐武中尉は哨兵《しょうへい》に隊名をたずねた。

「第十四聯隊第三大隊第二中隊であります」

中隊長を呼んでもらうと、かつて熊本鎮台の同僚であった中尉である。

佐武中尉は奇遇をよろこび、さっそく敵状についての情報を得る。

「敵軍は昨日まで斥候らしい者を、二時間置きに出してきたが、攻撃してくることもなく、いままで異状はない。だが、三国峠というのは、勾配《こうばい》の急な非常な難所で、そのうえ敵はよほど堅固な塁《とりで》を築いているようだ。偵察にゆくのなら、充分注意してゆきたまえ」

中隊長は親切であった。

佐武中尉らは礼をのべ、ふたたび前進をはじめた。道の両端に分れ、周囲の様子をうかがいつつ、ゆっくりと歩を進ませるうち、前途に水車小屋が見えた。

案内の老人は、小屋にいる百姓に様子を聞く。

「昨日は、この十町（約千メートル）ほど先の野原へ、五十人ほどの西郷方が来ちょったが、今日は出てこんようじゃ」

水車番の男は、三国峠の台場について聞かれると、声をつよめて答えた。

「城んごと堅固なものと、聞いちょる」

佐武中尉らはまた前進をはじめた。

十町も進むと、本道に沿うて小川があらわれた。小川のなかに飛石が置かれ、対岸の高所に畑が見える。

「あそこに村があるのやないか」

中尉は案内の老人に聞いた。

「はい、あの高所を越えたところが、楠《くす》のタオという村ですたい」

三国峠の頂上までは、あと十四、五町の上り坂であるが、山腹は樹木が一本もなく、草が生えているのみである。体をかくす凹凸《おうとつ》もなく、斥候にははなはだ不向きな地形であった。無理をおして登ってゆけば一行七人の命は、全《まつと》うできないのではないかと、佐武中尉は考えた。

正面から峠を登るより、横手の山腹から頂上に迫ったほうが、敵に発見されにくいだろうと、彼はとっさに考える。楠のタオまでゆき、村人に敵状をうかがってもらい、自分もできるだけ敵塁に接近して、その模様をみるのが上策であろう。

一行は本道からそれて小川を渡り、楠のタオへ向いはじめた。道は、一人がようやく歩めるほどの細道である。片側は谷で、進むにつれ、しだいに谷は深くなった。反対側は三国峠まで続く禿山《はげやま》である。

楠のタオまであと一町に迫ったとき、突然、頭上から人声が降ってきた。あおむいて様子をうかがうと、洋服を着て軍帽をかぶった薩軍の兵士が、銃をかつぎ、三十間ほど高い場所を歩いていた。弾薬箱をかついだ軍夫の姿も見える。

佐武中尉は、しまったと身をかくそうとするが、物蔭《ものかげ》はまったくない。

「おい、敵だ。見つけられぬうちに逃げよ」

楠のタオへ逃げこもうとすると、はやくも発見されたのか、ぽんぽんと頭上で小銃の発射音が鳴り、山腹にこだました。

中尉たちは一散に本道のほうへ引返そうと走りだした。そのとき、本道の真上の高所に、薩軍がおよそ二百人ほどあらわれ、雨あられと乱射を浴びせてきた。

筒先下りの射撃のいきおいはすさまじく、中尉の身辺の岩に弾丸があたる、かちかちという音響が、皮肉をひき裂くようにするどく聞える。

中尉は死にものぐるいに走るが、もういま倒れるか、いま倒れるかと、恐怖に身を焼かれるようであった。中尉の前を走っている軍曹が、突然ひっくりかえって谷へ落ちた。中尉も軍曹の足につまずき、続いて崖《がけ》から落ちこむが、中途で雑木の枝にひっかかる。

元の道まで登らなければ、この急場をのがれることはできぬと、力をふりしぼって崖を登りはじめると、その様を見た敵は、また射撃を集中してくる。中尉の鼻先を流弾がかすめ、岩角に当って火花を散らす。死ぬ覚悟で這《は》いあがるが、いまにもわれる。

敵弾が体にくいこみ、骨を砕くかと思うと、目先がまっくらになるような恐怖に襲

とができた。

ようやく這いあがると、また弾丸の雨のなかを狂ったように駆け、山蔭に廻《まわ》るこ

敵弾が来なくなると、膝頭《ひざがしら》から力が抜け、中尉はよろめきつつ歩いた。耳のな

かで動悸《どうき》が高鳴っていて、銃声さえも聞えない。

くのが見える。案内の老人の姿はなかった。路上に血痕《けっこん》が、柄杓《ひしゃく》ですこしずつ水

蒼《あお》ざめ、生唾《なまつば》をはきながらよろめき進むと、先に行った四人の兵隊が、歩いてゆ

を撒《ま》くようなぐあいにこぼれており、しばらく行くと、銃が一挺捨てられていた。

中尉は銃を拾い、担《かつ》いで歩くと、兵児帯《へこおび》のようなものが、長くのびてうち捨てら

れている。その傍《そば》にも銃が一挺落ちていた。あらためると、引金に敵弾が当ったと

みえ、銃は二つに折れていた。

中尉が二挺の銃を担いでゆくと、崖縁にさきほど撃たれて谷へ落ちた軍曹が、顔

を出した。

「おっ、どうした」

「はい、谷底を走って逃げてきました。自分は右の肩を撃たれて谷へ落ちたので

す。そのとき岩角で思いきり胸を打ったので、苦しくてたまらんですたい。どう

か、水を呑ませて下さい」

中尉は軍曹の気をたしかに保たすため、語気荒く叱《しか》りつけた。

「なにをいうか、しっかりしろ。手負いが水を呑めば出血がはげしくなることは、知ってるやろ。お前のような歴戦の強者《つわもの》が、これしきで音《ね》をあげてどうするか」

軍曹に肩を貸して歩くうち、前方にまたもや銃声が聞え、先行する兵隊たちが走りだした。

「これはたまらん、あすこへ行ってやられるか。おい軍曹、死なばもろともや。しっかり走れよ」

中尉は軍曹に声をかける。また弾丸が琵琶《びわ》の弦をはじくような音をたて、耳もとを擦過《さつか》しはじめた。

重傷を負うているはずの軍曹が、二挺の銃を担いで逃げる中尉を追い越し駆け去ってゆく。中尉は本道に出ようとして、川の飛石を渡ろうとするが、勢いあまって踏みとどまることができず川に駆けこみ、そのまま下手へ下っていった。

十町も下ると、本道は味方の兵で埋めつくされていた。中尉が川から這いあがろうとすると、兵隊が大勢走ってきて、引きあげてくれる。

「中隊長殿、ご無事でよかったです」

声をかけてくる者をみると、皆佐武中尉の率いる第四中隊の兵隊である。

「お前ら、どうした」

「はい、敵が峠を下りて攻撃してきたので、ここまで進撃してきたのですたい」

中尉は全身の力が一時に抜け、路上に坐《すわ》りこんだ。

このように早く遭遇戦がはじまるのなら、無理をして敵塁の偵察にゆく必要がなかったと、中尉は歯ぎしりをする思いである。彼が同行させた五人の兵隊は、全員負傷して路上に倒れている。

敵は山手から猛烈な射撃を加え、ときどきラッパを吹き、いまにも突撃してくる気配を示した。味方の大隊は田圃《たんぼ》のなかに散開し、さかんに応射する。佐武中尉は疲労をこらえ、中隊の指揮をとった。

夜に入っても、敵は退かず、射撃のあいまに喚声をあげ、いまにも斬り込んでくる様子を見せた。

「あわてるな、よく狙《ねら》って撃てば、奴《やつ》らは斬り込みには来んぞ。浮き足立てば、敵の思う壺《つぼ》やぞ」

中尉は抜刀を手にして、兵隊の気を静めようと叫び続けた。剣術達者の中尉の呼びかけは、兵隊たちの怯《おび》える気持をおちつかせた。

猿叫《えんきょう》といわれる、薩摩自顕《じげん》流独得の気合をあげ、一団となって旋風のように襲ってくる薩摩兵児の斬り込みは、官軍のもっとも畏怖《いふ》する戦法であった。

斬り込みの効果は、すさまじかった。薩軍は火力に乏しく、敗退を続けているのに、戦死者の数は官軍のほうが上回っていた。そのほとんどが、斬殺《ざんさつ》されたものであった。

山鹿《やまが》の陣営で薩軍の斬り込みをうけた陸軍中尉、矢吹秀一は、陸軍中将に栄進した後年、つぎのような経験を語っている。

「本営は梅の井といって、かなり大きな温泉であった。われわれは旅団本営にあつまって、草鞋ばきのまま上り框《かまち》に腰をおろして、冷酒をあふっては、握り飯を喰《く》っていた。すると表に立っていた風紀衛兵が、裂帛《れっぱく》の如《ごと》き叫声で、不意に『斬込みっ』と呼ばわった。当時賊は、薄暮になると、よく猿の鳴くような、キーキー声をあげて殺到したものだ。これには官軍もよほど参っていたようで、ソラ斬込みというと、身の毛をよだてて恐怖した。

斬込みと叫ぶ衛兵の声にびっくりして、ハッとふりむくと、前にピカピカと剣光がきらめいたように見えた。恐るべし、寸前敵の決死隊が、抜刀で飛びこんできたように見えた。この斬込みの叫びに、だれ一人踏みとどまって防戦しようとするものはない。誰立つとなく、ターッといっせいに立ちあがって逃げだす。眼前はまっくらで、ただもう先を争うて一生けんめい逃げだすのだから、泉水にとびこむものやら、すべってずでんどうと水中に横倒しになるものやら、庭をへだてた塀《へい》によじ登ろうとして、グヮラグヮラと瓦《かわら》を落すものや、醜態万状、ワァワァと逃げまどう。
　わが輩も庭へ飛びだした。ところが逃げ口がないので、庭をくるくると二度もまわった。その二度めのときだ。庭の片隅《かたすみ》に三尺くらいの口があるのを発見したので、天佑《てんゆう》なるかなと、飛鳥の如く、その口から裏のほうへ逃げていった。（中略）
それからわが輩は蔵と蔵とのかげに身をひそめていたが、気を静めて表通りの様子を聞くと、騒ぎはさして烈《はげ》しくない。なぜか意外に静かである。はては何かのまちがいだろうと勘づいたので、きまり悪そうに帰ってゆくと、他の者も一人帰り二人帰りして、一同ふたたび座敷にもどった。かくてお互いの身のまわりから、座敷の様子を見るのに、実に言語道断の有様。頬《ほお》をひどくすりむいている者や、泉水に陥落して、全身ずぶ濡《ぬ》れになっている者や、塀をかき登ろうとして、胸一面に泥《どろ》を浴びている者、袖《そで》を裂きやぶった者、背中をやぶいた者。座敷には握り飯がふみつぶされ、徳利が蹴《け》ちらかされ、軍刀その他の武器がもとのままに整乎《せいこ》としていて、ふすま障子が横倒しにされたり、茶碗《ちゃわん》盃《さかずき》がふみくだかれたり、狼狽《ろうばい》の状噴飯の極に価《あたい》した。なかでも二三枚の障子が、人の体だけスポッとブッコ抜けていた。一種特別の横紙やぶりの兵法には、誰一人笑倒せぬ者とてなかった（下略）」
　斬り込み騒ぎの実体は、酒に酔って道路を歩いていた人夫の群れに、あばれ馬が駆けこんだだけのことであった。

官軍の精鋭を代表する士官たちが、このような醜態をみせるほど、薩軍の斬り込みは、威力があった。手もとに飛びこまれたときは防禦《ぼうぎょ》の手段がなかったのである。

佐武中尉は必死で兵をはげまし、応戦の指揮をとったが、夜半に敵は三国峠へ退いていった。中尉は辺りが静寂をとりもどすと、急に全身が疼《うず》き、呻《うめ》きながら地面に倒れた。

「もう動けん、これはいかん。毛布をかけてくれ。俺はここで寝るぞ」

彼は従兵に体へ毛布を掛けさせ、眼《め》をつむった。

腹が筋をひいて疼き、臍《へそ》が背中にくっつき、動くたびに引っぱられるような気がする。どのような姿勢をとっても痛みは増すばかりで、唸《うな》りつづけるうち、疲労にひきこまれるように眠りこんだ。

翌朝、眼覚めると、数千人の兵隊が、本道上にひしめきあっていた。山砲大隊も到着している。伝令が走ってきて告げた。

「中隊長殿、ただちに大隊本部へお越し下さい」

中尉はいたむ足をひきずって本部に出向いた。大隊長は緊張した表情で各中隊長に命令した。

「本日正午より、第十三聯隊、第十四聯隊《れんたい》、第三旅団、東京警視隊、第六聯隊分遣隊によって、三国峠へ進撃する。わが第二大隊は、三重側より攻撃する。全攻撃隊の指揮は、聯隊長川上操六がとる」

進撃ははじまったが、佐武中尉は全身の疼きが去らず、どうしても動けなかった。彼はやむを得ず第四中隊付の伊藤という中尉に指揮を任せた。

「とにかく進撃の部署について、命令の通りに動いていてくれ。自分は直りしだい後から追いつくから」

中隊は出発していった。

佐武中尉は兵の肩にすがって路傍の牛小屋に入り、藁《わら》のなかに寝て半日を過したが、戦線の様子が気になって、しかたがなかった。

夕方になって、従兵の肩を借り、前線に出た。敵味方は、約十町の距離を置き、塁を築いて向いあっている。敵陣から山砲の試し撃ちをおこない、轟音《ごうおん》とともに飛来した敵弾が、味方の陣地附近に土煙をあげると、官軍のほうからも返礼の砲火が敵陣をみまった。

味方の陣地は、三国峠に向う本道の正面から、峠の右手の旗返し、七曲り越えという高地にかけて、布陣していた。

翌十五日、佐武中尉は敵陣地の右方五、六町の辺りに高地があるのを発見し、兵を派して胸壁をつくらせ、中隊全員をそこに移動させた。

そこから敵陣に射撃をすると、敵は猛烈に撃ちかえしてくる。まもなく味方の砲兵隊が進出してきて、山砲を据《す》え、砲撃を開始する。日没まで銃砲撃を続けるが、峠には二十二個の堡塁《ほうるい》が築かれ、薩軍はそれに拠《よ》って、頑強《がんきょう》に射撃をつづけた。

攻撃を開始して三日めの十六日、聯隊長川上操六が、第二大隊長林少佐、第十四聯隊青山少佐と中岡参謀の三人を連れ、佐武中尉の陣地へ来て、本道を俯瞰《ふかん》しはじめた。時刻は十一時頃《ごろ》であった。

佐武中尉は四人が話しあう内容を、傍で聞いていた。

聯隊長は現地の状況を望遠鏡で検分していたが、思いきったようにいった。

「この三日間、攻めてはみたがどうにもならん。やっぱり本道を攻めるよりほかはないようだな。しかたがない、やらせよう」

中尉は聯隊長がわざわざ彼の陣地へ来て、聞えよがしにいう言葉を聞き、俺に本道を攻めさせるために、芝居をうっているようだと察した。

話しあいは、彼の想像の通りになった。林少佐が、聯隊長の言葉に反撥《はんぱつ》した。

「この本道を攻めるのは、実にむずかしいことです。敵に正面からと横あいからとの、十字火を浴びねばなりません。これは容易に攻められることじゃありませんよ」

青山少佐が、林少佐の言葉を聞くなり、いいだした。

「林少佐がいやなら、私の十四聯隊で攻めますよ」

林少佐は、弁解した。

「自分は決して攻撃しないとはいいません。やれといわれればやるが、本道を攻めるのは、いかにも無謀な作戦だといっているだけです」

川上聯隊長は、きびしい声でいい返した。

「俺は君に相談しているのではないよ。敵を攻めるには、この方法しかないんだ」

林少佐はおうむ返しに答える。

「分りました。それではやります」

佐武はいよいよ二人の少佐と一人の参謀が、彼の中隊に敵陣攻撃の難役をあてがうための茶番をやっておるとの推測を深める。その想像は、正確に的を射ていた。

林少佐は、佐武中尉を手招きした。

「おい佐武よ、お前は本道の偵察に出て、この方面にくわしいが、いま聯隊長殿は、敵を攻めるには、本道を攻撃するしかないといわれる。よって、お前の隊に明日の朝、突貫をさせるぞ」

命令に抗することはできない。抗命の罪は銃殺に値するのである。佐武中尉は全身に噴きだす憤懣《ふんまん》をこらえて答えた。

「わかりました。命令であれば従います。しかし、何分このままで明日突貫させられるのは困ります。いままで戦い続けて寸刻も休息しておらず、私も部下も、疲れはてております。ついては、突貫の命をうけるのならば他の隊に持場を引きうけてもらい、中隊全員に、休息をとらせて頂きたい」

佐武中尉の厳しい声音に、聯隊長は応じた。

「よし、その願いは聞きとどけてやるぞ」

彼は青山少佐にむかい、命じた。

「お前の隊から一中隊出して、この場所を確保させろ」

こやつらは、薩長の閥外にあり、有力な権門を知己にもたない俺を、消耗品として抹殺《まっさつ》するつもりだと、中尉は冷えた視線で聯隊の首脳者たちを眺《なが》めた。

本道攻撃の時刻は、明朝午前二時と決った。午後一時、佐武中隊の確保する高地に、交替の兵力が到着した。

佐武中尉は兵をまとめ、敵の弾丸の飛来しない場所まで退き、そこで全員に事情を告げた。

「先刻来、貴様らも聞いていた通り、明日、わが中隊は、この本道の決死攻撃を命ぜられた。そのため、英気を養うべく明朝二時まで休息するわけであるが、この山で休息するか、谷の下まで降りて休息をするか、どちらをとるか」

兵たちは全員そろって、谷の下まで降りたいと希望した。谷へ降りるには一里ばかりを歩かねばならないが、人家のある場所まで後退しなければ、休息の気分になれない兵たちの心情は、中尉にはよく分った。

「よし、それでは降りることに決めたぞ。曹長《そうちょう》、お前は兵二人を連れて先発し、人夫を使役して家を二、三軒みつけ、休憩所を設営しておいてくれ。酒も買えるなら、買っておいてくれ。焼酎《しょうちゅう》を買うなら、砂糖はぜひ要るぞ。肴《さかな》は何でもかまわん、ありあわせの物を買っておいてくれ」

中尉は曹長を先発させたのち、谷の間をつたい、楠のタオの村へ降《くだ》っていった。

村に到着したときは、すでに午後三時半を過ぎていた。

中尉は部下を解散させるまえに、全員に告諭した。

「いまから休息をとるのであるが、三国峠は貴様たちもいままで見ている通りの地形だ。その難所を攻撃するからには、全員がその気にならなくてはだめだ。本中隊は、平生から聯隊内で、もっとも優秀な中隊であるとの評判を得てきている。ついては、こんどの攻撃にはその評判を落さないよう、明日には中隊全員が戦死する覚悟でやらねばならん。攻撃の際には、俺がただいまより選抜した兵を先頭に立たせることにする。誰を選抜するかは、あとから通知する。よいか、わかったら家にはいって今から休め」

楠のタオには、四軒の民家しかなく、いずれも空屋であった。兵たちは民家の裏に枇杷《びわ》畑があり、たわわに実をつけているのを見て、手ん手《で》に木に登り、枇杷をとりはじめた。

佐武中尉は、年若い兵たちの心情が純朴《じゅんぼく》であることを、知りつくしていた。彼らは、中隊の名誉を守れといわれれば、たやすく命を投げだしてくれるのである。だが、決死の攻撃に際しては、誰しも逡巡《しゅんじゅん》の気持がおこるものである。一人が怯えて隊伍を乱せば、たちまち全員が戦意を失うにいたる。

そうなったとき、敵の砲火のまえに全員が餌食《えじき》にならねばならない。なんとかして、中隊全員の気持を統一し、最少の損害で最大の効果を出さねばならないと、中尉は心を砕いた。

まもなく曹長が焼酎の瓶《びん》と、砂糖、豆腐の箱を兵隊に担がせ戻ってきた。中尉は、焼酎に砂糖を混ぜ、加減のよい味につくらせる。

その間に、中尉は曹長に命じた。

「明日、中隊の先頭に立つ者を、選抜せんならんぞ。平生からごく正直でおとなしいと見込んだ者を書き出せ」

正直で温和な性格の兵隊が、激戦の場ではもっとも沈着かつ勇敢であるのを、中尉は知っている。

曹長が書き出してきた二十人の人員を、各小隊長を呼び集めて吟味し、十四人に絞った。

「よし、この者らを呼んでこい。俺が考えているところを聞かせてやるから」

佐武中尉は十四人が集まると、翌日の心得を話した。

「よいか、明日は貴様らも見ている通り、山の背を伝うていくのじゃ。二人以上は並んで歩けぬ細い道を、長い列で行くのやから、先頭に立った者がぐずついてたら、中隊残らず動けぬことになる。そうなりゃ、敵に皆殺しにされてしまう。そのため、先頭にはふだんから性根《しょうね》のすわった貴様らに立ってもらわねばならん。明日は先頭に立ったら、遮二無二《しゃにむに》敵の堡塁まで、息もつかずに駆けこめ。命令のないうちには、一発でも発砲してはならんぞ。もし敵に撃たれ、倒れる者が出ても、踏みこえていけ。敵の胸壁のなかへ駆けこまにゃ、全滅になるんやぞ。事の成否は貴様らの働きにかかってる。その点を十分わきまえてやれ。分ったか」

中尉をとりかこんだ兵たちは、一言もいわず黙りこんでいた。

あぐらをかき、膝《ひざ》もとを白眼をむいて眺めたきり、誰も一言も発しない。中尉はふたたびいった。

「このようなことは、戦《いくさ》であれば出会うてあたりまえのことだ。貴様らにはそれが分らんか。分らんのなら、もう一度いい聞かせてやろうか」

兵たちは全員うつむいたまま、身じろぎもしなかった。

これはよほど思い悩んでいるのであろうと、佐武中尉は察した。中隊付将校の伊藤中尉が、傍《そば》から口をそえた。

「分ったことは分った。分らんことは分らんと聞けばいいじゃないか。いまになって遠慮することはないよ。黙っていることはない」

兵たちは、黙りこんだままであった。彼らは死地に追いやられるのを、怖がっている。

佐武中尉は曹長を呼び、焼酎をもってこさせた。

「さあさあ、酒を呑めよ。いくら呑んでもええぞ。容《い》れ物を出せ」

兵たちは竹筒を筋かいに切ったものや、汁椀《しるわん》をとりだす。中尉はそれに焼酎を注《つ》いだが、誰も呑む者がいなかった。

伊藤中尉が、一息に椀の中身を呑み干し、たちまち赤い顔になり、大声でいった。

「おい、貴様ら、唄《うた》でもうたえ。俺も大いに呑み、うたうぞ」

彼は大声で端唄《はうた》をうたいだしたが、兵隊たちがあいかわらず黙りこんでいるので、拍子《ひょうし》がぬけて口をつぐんだ。

佐武中尉は急に腹だたしくなって、兵たちを叱《しか》りつけるようにいった。

「貴様ら、明日の戦がおそろしいのやろ。それで酒も呑めんのか。情ない奴らじゃ」

彼は、どうにでもなれと、皆に八つあたりしたいような気分になった。大勢の将兵を自殺の場に追いやるような命令を出した、川上聯隊長がわるいのだ、と彼はひとくち呑んだ焼酎の酔いが、急激にまわってきた頭で考える。

そのとき、突然一人の兵隊がいいだした。

「中隊長殿、この戦は夜が明けぬうちにやらにゃ、いけまっせん」

攻撃の時刻は午前二時とはじめから決っていたが、佐武中尉は兵隊の発言にさも教えられたようなふりを、よそおった。

「そうじゃそうじゃ、なるほど夜が明けたらいかん。夜の明けん間にやったらいいのじゃなあ」

感心してみせると、いま一人の兵隊が口をひらいた。

「ほんにこれは、夜が明けたらいけまっせんたい。夜の明けぬうちにやりまっしょ」

佐武中尉は膝を打って、同意する。

「そうじゃ、その通りじゃ、なるほどいいことをいう。貴様、酒を呑め」

すすめると、その兵隊は、椀を干した。

一座の空気は急速にやわらいだ。兵たちは焼酎をいきおいよく呑みはじめた。

「よし、豆腐を食うて、呑めるだけ呑み、うたっても踊ってもよいぞ。気のすむまで呑んだあとは、ゆっくり寝ておけ。刻限が来たら起してやる」

にぎやかに騒ぎはじめた兵隊たちをあとに佐武中尉らは座をはずした。

時刻はすでに午後六時を過ぎていた。整列の時刻は、山へ登る間をみて、午後九時と決めた。

佐武中尉をはじめ、小隊長らは眠る気にもなれず、車座になって焼酎を呑んでいた。あと数時間の命ではないのかという考えが脳裡《のうり》にちらつき、血みどろの姿になった己れの姿が想像のうちにうかぶ。

茫然《ぼうぜん》と椀を口にはこぶうち、曹長が来て報告した。

「中隊全員、整列おわりました」

時刻は、いつのまにか午後九時になっていた。

佐武中尉は、余分の弾薬をその場に残し、村に残留するラッパ卒にその保管を命じた。

「さて、ただいまより出発する。貴様らのいう通り、暗いうちにやってしまわねばならぬから、いまから山を登るのだ。この闇《やみ》に山道は歩きづらいが、松明《たいまつ》は各小隊一本ずつともし、地に擦《す》って目立たんようにせよ。あとに続く者は、落ちた火屑《ひくず》を目あてに歩くんじゃ」

中隊が山頂の進発地点に到着したのは、十二時であった。山中は、大砲を運搬する人夫の群れや、敵を探り撃ちする味方の銃声で、騒《ざわ》めいていた。

暗がりのなかで、「佐武君」と呼ぶ声がし、誰かと思えば聯隊副官であった。彼は同情をこめて話しかけてきた。

「今日の進撃は、実にたいへんだなあ。がんばってくれよ」

佐武中尉は答えた。

「大変にはちがいないが、僕は佐々木高綱やと思うてる。宇治川をもし渡れればよし、渡れなんだら、それまでや」

話しあっていると、大隊長の声が聞えた。

「佐武はきているのか」

「ここにおります」

大隊長は近寄ってくると、一升徳利を中尉におしつけた。

「佐武、酒を持ってきてやったぞ。これは訣別《けつべつ》の酒だ」

その言葉を聞くと、佐武中尉は気弱な大隊長から、死ねと引導を授けられたような衝撃をうけた。彼は内心の動揺をかくし、大隊長に頼んだ。

「今日は選抜した兵十四人を、先頭に立てますので、その者らに大隊長から酒を呑ませてやって下さい」

大隊長は承諾した。兵たちはふしぎなことに、昼間とは一変して陽気になっていて、皆競いあって、大隊長にふるまわれた酒を、返盃《へんぱい》しようとする。

おしとどめると、佐武中尉のまわりに返盃を押しつけにくる。

選抜兵らは、そのとき中尉に思いがけないことをたずねた。

「中隊長殿、万一私たちが無事に帰ってきたときは、聯隊長を胴にあげてもよかですか」

佐武中尉はすこし考えたあとで、答えた。

「それはどうか知らんが、攻撃に成功して帰ったときは、俺の責任で許してやる」

中尉には、兵たちの内心が分っていた。彼らは、自分たちを消耗品としか考えていない聯隊長を、憎悪《ぞうお》していた。

そのため、死地から帰還できたのをきっかけに、よろこびの表現によそおい、聯隊長を思いきり胴あげして、その胆《きも》を冷やさせたいのである。

午前二時十六分前に、中隊全員が味方陣地の胸壁のまえに集合した。午前二時、先頭を切って胸壁の外へ飛びおりた佐武中尉は、青竹をふりまわして後続の兵をせきたてた。

全員は二列になり、三国峠へ向う本道に走り出た。兵たちは闇のなかを猛然と駆けていた。腰へつけている胴乱のなかの弾丸の動く音が、かすかに鳴るのみで、静粛を保ったまま、まっすぐ峠へ向っていた。

十五町の道程を無事に通り抜ければ、とにかく敵塁に達することができる。そうすれば犬死にすることはないのだと、中尉は夢中で走った。

道程の半ばを来たとき、突然二、三発の銃声が闇の山肌《やまはだ》にこだました。

「しまった、見つけられたか。百年めじゃ」

佐武中尉は心臓をにぎりしめられたような緊張を覚えたが、兵隊の足どりは止まらない。

「ありがたい、皆必死になってくれてるぞ」

中尉は勇みたって走った。

銃声は続かず、森閑とした闇のなかで、中隊全員の足音だけがかすかに聞えている。

やがて山の頂が闇のなかにおぼろに見えてきた。夢中で駆けてゆくと、いつのまにか峠の正面の敵堡塁の真下にきていた。

後から駆けてくる兵隊が集結して、全員百十一名が堡塁の下にとりついたが、敵の胸壁のなかは森閑と静まりかえっている。

しめたと佐武中尉が思う間もなく、兵たちは草をつかんで這《は》いあがってゆく。中尉の胸のなかに、湯のようにあつい感激が湧《わ》きあがった。堡塁のなかにいるのは、抜刀攻撃の威力を誇る薩軍の精鋭である。

そのただなかへ、百姓鎮台、クソ鎮とあざけられてきた兵隊たちが、怖《おそ》れも知らず斬り込んでゆく。

佐武中尉は抜刀し、息せききって這いあがった。

「わああああっ」

兵たちが銃剣をつらねて堡塁に突入する。薩軍の兵士がはね起き、白刃《はくじん》を舞わせて立ちむかってくる。

「やったやったやった」

佐武中尉は軍刀をふりかぶり、胸壁のうちへ駆けこんだ。

彼は無我夢中で軍刀をふりまわし、立ちむかってくる人影をなぐりつけ、蹴倒《けたお》し、斬りたてなぎたてる。暗がりのなかで、敵味方が七転八倒し、大勢倒れるが、誰がやられたのかさっぱり分らない。ただ、味方の人数だけが潮《うしお》のように押しよせてくる。

騒動の物音が山頂の静寂のなかにひびきわたると、峠の上手《かみて》の第二、第三の堡塁から雨のように激しい射撃がはじまったが、弾丸はすべて頭上を越え、一発も命中しない様子である。

「さあいけ、ここは済んだぞ。次の塁へかかれ」

佐武中尉は青竹で兵たちを殴りまわして追いたてる。

兵は闇のなかを駆け走り、蝗《いなご》のように第二の胸壁にとりついたが、あと三間《げん》で手がとどく場所にくると、なぜか斜面にしがみついて動かなくなってしまった。

しまった、こいつらは最初の昂奮《こうふん》が去り、恐怖にとりつかれたのだと、中尉はいらだった。頭上で火花を吹いている薩軍の銃口をめあてに、彼は先頭をきってよじ登り、胸壁のうちへ躍りこんで、気合もろとも敵兵を斬り倒す。

彼には周囲を見る余裕はない。猿叫《えんきよう》とともに斬りかかってくる敵の刀身をはねあげ、力まかせに胴を抜く。返り血が目鼻にかかるが、彼は独楽《こま》のように体を回転させ、敵の黒影を狙《ねら》って斬りこんでゆく。

「わあああっ、わあああっ」

兵たちが躍りこんできて、見る間に堡塁のなかを埋めた。

佐武中尉は堡塁の小屋にマッチで火を点じた。火の手はみるまに燃えひろがり、辺りが明るくなった。兵たちの歓声があがった。二十二の堡塁にたてこもっていた薩軍が総崩れになり、重岡へ向う坂道に長蛇《ちようだ》の列をなして逃走してゆく様が、火のなかに浮きあがった。

「やった、やったぞ」

佐武中尉はこおどりした。

兵たちが、逃げ遅れた薩軍の捕虜を引きたててきた。中尉は彼らの背に弾薬箱と、遺棄された鉄砲を六挺《ちょう》ずつ担《かつ》がせて、地面に転がす。

硝煙のなかに、後続の大隊とともに聯隊長と大隊長があらわれた。

「ようやったぞ、佐武。大手柄《おおてがら》じゃ」

聯隊長川上操六が、日頃の権柄面《けんぺいづら》を崩して、佐武中尉の手をにぎりしめた。

たしかに大手柄であった。数千人の軍団で三日三晩攻撃して落ちなかった敵塁を、一個中隊で三十分間に攻め落したのだから。

顔を硝煙に汚した兵隊たちが、周囲にかけよってくると、物もいわずに聯隊長を抱えあげた。

「こらっ、何をするか貴様ら。気でも狂うたか。やめろっ」

兵隊たちは、うろたえ騒ぐ聯隊長を、喚声もろとも、空高く投げあげ、うけとめると、また投げあげる。

「うわっ、うわあっ」

川上操六は声も出せないほど、動転していた。

ボンベン小僧

明治二十一年七月上旬の早朝、神戸港には梅雨どきの霖雨《りんう》が降り、町並みの瓦《かわら》屋根は濡《ぬ》れ光っていた。

うすみどりに澄んだ海面に波はなく、なめらかなうねりが、ゆるやかに動くのみである。

午前五時過ぎ、神戸市街の静寂のなかを鶏鳴がしきりに聞える時刻、明石《あかし》の方角から加納町外国桟橋《さんばし》の沖に、黒塗り三本煙突の汽船が姿をあらわした。

船腹に日本郵船のマークが記されており、五、六百屯《トン》のかなり老朽した外見であった。雨に煙る港内はまだ寝静まったままであるが、汽船はホイッスルを鳴らし、ガラガラと鎖の音をたて、桟橋のまえに投錨《とうびょう》する。

前年に延長工事をおこなった、百メートルの桟橋には、二隻《せき》の外国籍の汽船が横付けになっていたので、繫留《けいりゅう》できなかった。

汽船の船首に、高砂丸《たかさごまる》と船名が読めた。上甲板に、白木綿マンテル服の巡査が五、六人、佇《たたず》み、動くとき帯剣の鞘《さや》が鈍く光った。

栈橋にも、白服の巡査が二十数人、立ちならんでいた。彼らの見守る高砂丸に、艀《はしけ》の群れが漕《こ》ぎ寄せてゆく。

艀の通りすぎる海の中を、太刀魚《たちうお》の大群が通りすぎていった。高砂丸に舷梯《げんてい》がおろされ、下に艀が行列をつくって並んだ。

ハッチの出入口扉《とびら》があくと、なかから白衣に編笠《あみがさ》をつけた囚人の群れが出てきた。垢染《あかじ》みた手首に両手錠をかけられ、腰帯に鎖を通し二人ずつつながれた囚人たちは、危うい足どりで舷梯を下り、うねりに上下する艀に乗り移る。

彼らは栈橋にあがると、二列に数珠《じゅず》つなぎにされた。人数は艀が着くたびにふえ、百人を超えた。

高砂丸から上陸した巡査たちは、栈橋で待っていた仲間と、挨拶《あいさつ》をかわす。彼らはいずれも、手貫紐《てぬきひも》のついた樫《かし》の三尺棒を提げていた。

艀から栈橋へあがるとき、動作の遅い囚人が、肩口を巡査に打ちすえられた。力まかせの打撃をうけたので、囚人は栈橋から海へ転げ落ちかけたが、鎖で体をつなぎあっている後ろの囚人がとっさに足を踏んばったので、宙にぶらさがった。

巡査は、這《は》いあがってきた囚人の顔と頭に、手加減のない打擲《ちょうちゃく》を降らせた。鼻血が噴きでて、獄衣を染めるが、囚人は身動きもせず、耐えていた。

骨を打つ無気味な音を、行列をつくった白衣の男たちは、身動きもせず聞いていた。

最後の艀が、高砂丸をはなれて桟橋へむかってきた。巡査たちが荷馬車を曳《ひ》いてくる。艀から人足たちが、重たげな菰包《こもづつ》みを担《かつ》ぎあげてきた。

菰はところどころ黒く汚れている。そこから黒い滴《しずく》が桟橋に落ちた。

「こっちゃ、ここへ積め」

巡査が指図して、菰包みを馬車の荷台に放《ほう》りこませた。

三個の包みから、垢だらけの素足が棒のように硬直して、突き出ていた。爪《つめ》ののびた足さきは、どすぐろい血に汚れていた。

「こんどは怪我人《けがにん》か、いっしょに積め」

サーベルではなく、黒鞘の日本刀を腰に差した巡査が、艀にむかい叫ぶ。

重たげな畚《もっこ》を天秤棒《てんびんぼう》で担いだ二人の人足が、踏板を危うい足どりで渡ってきた。

畚には、眼《め》も鼻も見えないほど厚く包帯を巻きたてた囚人が入れられていて、低い呻《うめ》き声をあげていた。

畚は五個、荷馬車に積まれた。

巡査たちは近寄って、怪我人をこづいてみる。

「おい、どうした。返事をしろ。聞えんのか」

　畚のなかで、背を海老《えび》のように曲げ、動かない囚人がいた。

　巡査が手首の脈をとり、瞼《まぶた》をひきあけてみて、首を振った。血のにおいを嗅《か》ぎつけた蠅《はえ》が、囚人たちの行列のあいだをうるさく飛びまわった。

「さあいくぞ。先頭、前へ進め」

　三等警部が号令をかけ、白衣の行列は汗と垢のにおいをふりまき、鎖の音を重苦しくひびかせて、動きはじめた。

　あとに残った荷馬車から、突然叫び声があがった。

「ボンベン、今生の別れだ。しっかりやれよ」

　畚のなかで気息奄々《えんえん》と死に瀕《ひん》していた深手の囚人が、去ってゆく行列のなかにいる友に、最後の訣別《けつべつ》を告げたのである。

「こりゃ、なにを吐《ぬ》かすか」

　おどろいて棒をふりかざした巡査は、すでに息絶えた怪我人を見て、息をのんだ。

　ボンベンと呼ばれた男は、二列縦隊ですすむ行列のなかほどにいた。年頃《としごろ》は二十五、六。中背で痩《や》せているが、胸から肩へかけての筋骨の盛りあがるかたちが、獄衣のうえからでもはっきりと分った。

巡査が走り寄ってきて、ボンベンの腰を蹴《け》とばした。

「おい、貴様、なにをたくらんでおるか知らぬが、やれるならやってみろ。叩《たた》っ斬《き》ってやるからな」

ボンベンは、片頰《かたほお》に唾《つば》を吐きかけられたが、表情を変えなかった。

長髪の垂れさがった額に、赤黒いひきつれが残っている。上唇《うわくちびる》にも傷痕《きずあと》が残っていた。彼は呼びかけられても、聞えなかったかのように、足どりを変えなかった。だが、両眼に涙がにじみでた。

高砂丸が運んできたのは、九州三池監獄から北海道樺戸《かばと》集治監に押送《おうそう》する囚人たちであった。三池炭礦《たんこう》は三井炭礦社が経営し、三井組の主力炭山として、莫大《ばくだい》な石炭を産出していた。

当時、礦山労働は納屋《なや》制度、飯場制度のもとにおこなわれ、劣悪危険な条件を甘受せねば働けなかった。

どの礦山でも、納屋頭、飯場長の残酷な搾取《さくしゅ》と私刑《リンチ》によって、人夫の膏血《こうけつ》を絞っていたが、なかでも三池炭礦は生き地獄といわれ、私刑のすさまじさで名高い長崎県高島炭礦とならんで、渡り者の坑夫たちに怖《おそ》れられていた。

三池炭礦では、二千人に及ぶ全従業員の七割が、三池監獄の囚人であった。会社は囚人のただ同様の労力を無制限に使うことで、高収益をあげていたのである。

三池から樺戸集治監へ移送される百余人は、いずれも看守、世話掛りに反抗をはたらき、危険人物と見なされた者たちであった。

樺戸への移送は囚人たちに知らされていなかったが、三池を出発する頃には、北海道へ送られるという噂《うわさ》は、どこからともなく聞え、ひろまっていた。

集治監とは、未開の北海道開拓に使役する囚人を、収容する監獄である。

政府が北海道を囚人の労力で開拓させようと計画したのは、明治十一年初頭であった。西南戦争が終熄《しゅうそく》して間もなく、政府は幌内《ほろない》炭礦開発のため起業公債基金から、百五十万円の別途支出を認めると同時に、道内に新規に監獄を設置すべく計画した。

内務省は、上申書を元老院に提出した。

「徒刑、流刑の二刑をおこし、該囚を遠地に発遣し、役限が満ちても郷土に帰ることを廃し、永住の座に就かしむべし。北海道の地たる遼遠《りようえん》隔絶、畏懼《いく》するところにありて反獄逃走のあとを絶つべく、田漁の利をおこして一挙両得」

政府は、西南戦争終結後のおびただしい国事犯を、開拓に使役しようとしたわけである。

明治十三年七月、刑法は改正された。囚人の刑罰は死刑、徒刑、流刑、懲刑、禁獄、禁固、罰金の七刑となった。

このうち徒刑は「島地に発遣し定役に服す」、流刑は「島地の獄に幽閉し定役に服す」と規定された。同時に、監獄法第一条に「集治監は、徒流刑に処せられたるものを拘禁する所とす」と定められる。

樺戸集治監は、明治十四年九月、北海道で最初に発足した。昼なお暗い密林のなかで、四季煙霧にとざされているという樺戸は、全国の監獄に拘禁されている囚人たちを、ふるえあがらせる地名であった。

そこでは囚人を伐木開墾から、炭礦労働、道路開発へと重労働に就かせ、負傷、疾病《しっぺい》によって衰弱した者は斃死《へいし》するに任せるという、残酷な方針がとられていた。三池監獄から百余人が、他府県の監獄へ移送されるときまったとき、えらびだされた囚人たちは、よろこんだ。

地底の坑道で炭塵《たんじん》にまみれ、命がけではたらく日々に、何の希望もなかった。あるとすれば、落盤とガス爆発によって、不意の死がおとずれることのみであった。

落盤の前には、坑道の柱の楔《くさび》がパチパチと音をたて、割れてくる。柱も節のところから裂け折れる。

囚人たちは、前兆があっても容易に逃げるのを許されず、危険を覚悟で何時間も作業をつづけさせられた。

ガス爆発は、予期しないときに突然おこった。切羽《きりは》坑道に入りこむ囚人が、天井際《ぎわ》にカンテラを差しだしたとたん、爆発がおこって全身火だるまとなって死ぬ。一昼夜の地底での作業を無事に終え、はいあがってくると、まず風呂《ふろ》で全身にかぶった炭塵を洗い流すのだが、湯の色はまっくろであった。湯にひたした手拭《てぬぐ》いも墨色で、鼻の孔《あな》を掃除してみても、汚れが見分けられないほどである。

「どこへ連れていかれるか知らねえが、ここよりひでえ土地はねえさ」

「そうだぜ、三池の地獄でもぐらのように這いまわって殺されるのかと、覚悟していたが、知らねえ土地を見られるだけでもいいや。どこへでもいってやろうじゃねえか」

囚人たちは、移送を歓迎していたのであったが、行先が樺戸と分ると血相を変えた。

「俺《おれ》たちゃ、蝦夷《えぞ》地の雪のなかで死ぬまで働かされるんだってよう。五寸釘《くぎ》をうちのべたような熊笹《くまざさ》の根を掘りおこして、畑をつくらされるのは、ごめんだよ」

「逃げるにも、森と野っ原だ。そこには羆《ひぐま》と狼《おおかみ》がどっさりいやがるんだ。俺たちゃ、地獄から地獄へ移されるだけだぜ」

北海道へ送られたら、脱走は不可能だと囚人たちは聞かされていた。

いつ釈放されるとも分らない、重罪犯人たちにとって、脱走の可能性を考えるのが、心のなぐさめとなる。北海道の奥地へやられては、もはや酷使されはたらいて死ぬ前途しか、考えられなかった。

樺戸送りにきまった囚人たちのあいだで、誰からともなく脱走の相談がはじまったのは、当然のなりゆきであった。

三池と樺戸は、どちらも生き地獄である。地獄から逃れるチャンスは、九州から北海道へむかう船旅のあいだしかなかった。

坑内の労役のあいまに、囚人たちは話しあった。脱走計画の中心となったのは、自由民権運動にたずさわっていた、二人の青年であった。

ひとりは高知県士族、越智武夫《おちたけお》、いまひとりは鹿児島県士族、赤池覚《さとる》である。越智は明治十七年秋の加波山《かばさん》事件に参画して逮捕された。赤池は明治十八年、長崎県高島炭礦でおきた、坑夫の大暴動を指揮したのち、長崎に潜伏しているところを、逮捕投獄された。

彼は高島で明治十三年夏、十四年夏、十八年夏と、三度にわたって暴動を指揮した自由党壮士《みっていい》、野村兼之《かねゆき》の同志として活動したが、野村は逃走に成功し、彼は武運つたなく密偵の探索の手を、逃れられなかった。

ボンベンという渾名《あだな》は、彼が高島炭礦に潜入しているとき、坑夫たちからつけられたものであるという。ボンベン小僧といえば、九州の警察官の間で知らぬ者はなかった。

ボンベンとは、旧薩摩藩が使用した砲弾の名称で、島津斉彬《なりあきら》が、異国船を撃ちはらうために採用した、二十九ドイム臼砲《きゆうほう》に使用した。

一ドイムは約一センチであるから、口径二十九センチ前後という巨大な臼砲で、薩摩藩は斉彬の死後、文久三年夏の薩英戦争にこれを用い、ボンベンを発射して、イギリス艦隊を退却させた。

日本旧来の砲丸は、ただの鉄丸にすぎなかったが、ボンベンは中空になった内部に火薬を詰めた破裂弾であったので、威力はすさまじかった。

覚がボンベンの異名を得たのは、高島でのめざましいはたらきによるものであったが、三池炭礦でも、一度だけ騒動をおこした。囚人の拷問《ごうもん》を、度をすぎておこなった看守を相手の立ちまわりであったが、なみはずれた覚の剣の技倆《ぎりよう》は、そのとき知られた。

彼はボンベンの名にふさわしい、示現流の遣い手としての、おそろしいまでに冴《さ》えた手並みを、かいま見せたのである。

樺戸へむかう囚人たちは、高砂丸が、三池港を出帆し、有明海を南へ下りはじめると、さっそく脱走の謀議をひらいた。

彼らは船倉に、ひとまとめに入れられており、手錠もはずされていたため、自由に話しあうことができた。

看守や下働きの炊事夫が船倉の昇降口をあけるまえに、中甲板から鉄梯子《てつばしご》を下りてくる彼らの足音が聞えるので、すぐ話をやめ、車座を解いてはなればなれに坐《すわ》っておれば、こちらの気配を察知される危険はない。

船倉の通風孔から、議論の声を聞かれるおそれがあるので、孔のまえに二、三人の囚人を立たせ、謀《はかりごと》をめぐらすあいだ、雑談をさせておく。

「この船は、五日めの朝に神戸に着く。海上にいる五日間のうちに、船を乗っ取るのが、いちばんええ」

越智は早急にことを運ぼうと、主張した。

彼はいう。

「海の上なら、援軍は来《こ》んきに、やりやすいぜよ。巡査が六人と、船員が二十人ほどじゃ。あいつらを始末すりゃ、あとは誰もおらんじゃろ。さいわい、船倉に皆いっしょにおるし、獄舎におるときよりゃ、はるかに動きやすかろうが。思いきってやりゃ、成功するにきまっとるぜよ」

暑苦しく、湿気のこもっている船倉の、積荷に腰をおろした覚は、黙って考えていた。

「ボンベンは、どう思うんじゃ」

越智が問いかけた。

「そうじゃな、いつやっ積《つも》いじゃ」

覚が問いかえすと、越智が身をのりだした。

「飯揚げにいくときのほかにゃ、ないきに。飯桶《おけ》と汁桶を担ぎにいった者が、出口の鉄扉《てつび》の脇《わき》にひかえちょる巡査連中に、組みついて引き倒すんじゃ」

船内規則は、

一、午前七時起床

一、八時喫食

一、九時牢内《ろうない》清掃

一、十二時（正午）喫食

一、六時発揚声（点呼）

一、七時喫食

一、八時各自牢内に整列し、獄卒の調査を受け終りて寝す

となっている。

覚は越智の計略に、ほぼ賛成するが、口には出さない。

「越智よ、何時の喫食にすっか。夜がよかじゃろか」

「うむ、夜がええのう。飛び道具を持っちょる巡査どもを押えるにゃ、暗いほうがええきに」

高砂丸には、三池から警部補一人が、巡査五人を連れ、乗りこんでいた。

ほかに船員のうち、士官が四人いる。一人は四十すぎの船長で、あとは航海方《かた》、蒸気方、事務長であるが、いずれも士族であった。巡査たちは、警部補が六連発ピストル、他の者が七連発小銃を携えていた。

高砂丸にも、海賊に備え小銃数十挺《ちょう》が備えつけられているはずであった。

喫食、発揚声のとき、船倉の入口に小銃を構えた巡査四人が立ち、警部補といま一人の巡査が、万一のときの用意に、抜刀を手にして入ってくることになっていた。

獄舎であれば、囚人を三人ずつ小部屋に幽閉しているが、船倉では百余人が同居しているので、巡査たちは船倉に入りこむとき、極度の緊張で手足を震わせていた。

「今朝の喫食んときゃ、奴らは用心しちょったが、油断をつかにゃいかん。奴らの持っちょっ七連銃を使わるれば、大事《おおごつ》じょ」

覚は冷静に判断していた。

うすぐらい船倉で、無気味に眼《め》を光らせている囚人たちが、人数にまかせてあばれだし、船倉から外へなだれをうって出たときは、収拾のつかない騒ぎがおこると、巡査たちも承知している。

彼らが持っているのは、アメリカ製スペンサー銃であった。筒口をそろえて撃たれると、密集した囚人は瞬時に大打撃をうける。

「あわつっ事《こつ》はなか。まず様子を見っちょっ事じゃ」

「うむ、そうかも知れん」

越智も、同意した。

神戸に着くまでに、五日ある。神戸から横浜へは四日、さらに仙台、函館、小樽《おたる》と、旅程は長かった。せいては事を仕損ずると、越智は逸《はや》る気持を押ししずめた。

囚人たちは、越智と覚を指導者として信頼していた。

最初の夜は、長崎港に碇泊《ていはく》した。午後七時の喫食が終り、八時の整列調査のときがきた。囚人たちは、船倉のなかに五列横隊に整列した。

「気をつけ、ただいまより調査をおこなう。私語をやめ、身動きするな。命令を聞かぬ者は、その場で射殺、斬殺《ざんさつ》するゆえ、承知せい」

警部補が甲高い声で告げ、腰のサーベルを抜いた。

刃渡り二尺四、五寸の剛刀を仕込んだサーベルが、ランプの灯明《ほあか》りを反射して、眩《まぶ》しくかがやいた。

いま一人の巡査も抜剣する。二人は刀を右肩に担《かつ》ぎ、囚人の列のあいだを歩きはじめた。覚は列のなかにいて、警部補たちが眼前にくるのを待っていた。

彼らの足どりは早かった。列伍《れつご》のあいだにはいると、いつどこから襲われるかも知れないという恐怖が、心中に湧《わ》きあがっているようであった。

覚は警部補たちが前にきて、荒い呼吸が聞えたとき、いまだ、と思わず両肩を浮かせたが、はやまるなと、懸命に自分にいい聞かせた。

覚が警部補に躍りかかり、サーベルをとりあげるのは、たやすいことであった。彼が動けば、越智も即座に巡査をからめとるにちがいない。

警部補たちを取り押えれば、他の巡査は囚人にむかい発砲できなくなる。いや、それでも射《う》ってくるかもしれない。

一瞬の迷いが覚の動きをおさえ、好機は過ぎた。午後九時、アンペラに身を横たえた覚は、越智に告げた。

「やってしもうとは、夜の整列調査のときんほかにゃ、なか。船が港におっときじゃなく、海を走っておっ夜に、警部補たちを押《おさ》ゆっ。そいが上策じゃ」

越智はランプの仄明《ほのあか》りのなかで、うなずいた。

「うん、明日の晩にゃ、やるぜよ。お前《ま》んと呼吸をあわせて、飛びかかっちゃるぜよ」

覚たちは、すべての囚人に計略を知らせ、翌晩を待った。

高砂丸は、翌晩波浪を避けて松浦港に碇泊した。御厨《みくりや》という在所の沖で、海岸にはまばらな人家の灯《ひ》が見えるのみである。

「今夜をのがしては、好機はなか。抜かるなよ、越智」

覚がいうと、越智は歯音をたてながら応じた。

「俺は、あげな巡査は、ひとつかみじゃ」

「なんじゃ、ガチガチと歯を噛《か》んでおっじゃなかか。落ちつけ」

午後八時、船倉の鉄扉が開いた。

警部補の姿が入口に浮かびあがる。

(あいつを捕まえて、一気に上甲板へ押しあがる。巡査のスペンサー銃をとりあげ、船長室を押えれば、高砂丸は占領できよう)

覚は両手に汗をにぎり、待ち構えていた。

だが、警部補と巡査は階段を下りてはこなかった。警部補は整列した囚人たちを、ひとわたり眺《なが》めると、大声で命令した。

「よし、夜具をのべよ。ランプを消せ」

囚人の点検調査はおこなわれなかった。警部補たちは、以心伝心で危険を察したのであろう。

「しまった、昨夜やればよかったのに」

越智は歯ぎしりしてくやしがる。

「あわててん仕様《しよ》んなか。奴《やつ》も命が惜しか。こっちがそん気いなっ時ゃ、向うも用心しちょっ。敵の気の弛《ゆる》みを突かにゃ、功は奏さんもんよ」

覚は越智をなだめた。

だが、翌朝から喫食のときにも、巡査が船倉に入りこんでこなくなった。彼らは出口で銃口を覚たちにむけ、厳重な警戒のいろをあらわしていた。

「こやいかん。いっときゃ手は出せんど」

覚は囚人たちに慎重な態度をとるよう、教えた。

巡査たちは、飯揚げのとき、階段のうえから囚人たちの行動を注視していた。五挺のスペンサー銃と一挺の拳銃《けんじゆう》が、狭い場所で乱闘がおこったとき、さほど護身の用を果せないのを、彼らは知っていた。

多数の敵と接近しているときは、小銃よりも刀を使うほうが、戦いやすかった。小銃であれば、一人を倒すうちに、四方から押し寄せてくる敵に襲われる。

越智は焦《あせ》った。

「あいつらが用心したとて、俺はかならずやるぞ。見ていろ」

彼は高砂丸制圧の機を早くつかもうとしていた。

「剣術試合の秘訣《ひけつ》は、敵の意表をつくこつじゃ。慌《あわ》つっ事《こつ》はなか。北海道まで行きつくあいだに、機会はかならずめぐってくいが」

覚はくりかえし、越智の気を鎮《しず》めようと制止した。

だが、高砂丸が岡山県白石島の沖にさしかかった、五日めの夕刻、越智は顔に殺気をみなぎらせていた。

「この辺りで逃げりゃ、丸亀《まるがめ》か多度津へあがるのは、わけもないきに。阿波《あわ》の祖谷《いや》から山伝いに土佐へ入りこんだら、身を隠すところはいくらもあるぜよ。ボンベン、いっしょに逃げよう」

彼は朝の喫食のとき、上甲板へ飯をうけとりにゆき、四国の山影を間近に見て、逸る気持をおさえられなくなっていた。

「俺《おい》は賛成でけんど。いまあばるれば、やり損じっ。船の士官らの素振いもあやしか」

覚は、高砂丸の士官たちが、囚人を見るとき緊張のいろを顔にうかべるのを、察知していた。

彼は過去に、幾多の危難を切りぬけてきたので、わが身を置く場の情況を、正確に読むことができた。故郷への帰心を抑えがたい越智の暴発を、彼は懸念《けねん》した。

夜の喫食のとき、越智はついに自分を制御できなくなった。

「ボンベン、俺はやる。もう辛抱できん」

「待て、いまは時期尚早《しょうそう》じゃ。船が紀州へむかうまで待て」

「待ってどうするんじゃ。あいつらは、いつまで経《た》っても、気を弛めやせんぞ。神戸へ着いたら、あいつらはどげな策を考え出すかわかるか。やるのは今じゃ」

いい募る越智に、覚は告げる。

「いまやっとは自殺も同然じゃ。俺は同調せんど」

「構わんぜよ。俺は一人でも、やるきに」

時刻は午後六時になっていた。

神戸には、仮留監があった。兵庫仮留監は、集治監に送致する凶悪犯、政治犯を一時拘禁し、人数が揃《そろ》うまで足留めするための監獄であった。

覚たち百余人は、神戸港に到着すればいったん仮留監に収容され、他府県からの囚人たちと合流させられるかも知れなかった。

そうなれば、高砂丸に乗り組む巡査の人数も、増強される可能性もあった。越智のいうように、機会はこのあとおとずれないかもしれないと、覚も思うが、たとえそうであっても、銃器を携帯した巡査の群れに、正面から襲いかかる愚挙は、実行すべきではなかった。

午後七時の喫食の時がきた。

「行くぞ」

越智は覚の手を握りしめた。

覚は三池入獄ののち、苦楽をわかちあってきた友に殉じて、暴発したい衝動を懸命におさえつけた。

二十余人の囚人が、越智と行動をともにすることになっている。覚は彼らを、もはや留められなかった。

船倉の鉄扉がひらき、灯影がゆらめいた。

「飯揚げ当番は、あがれ」

巡査の声に応じ、囚人たちが階段を昇ってゆく。

「これ、いつものように八人じゃ。いったいどれだけくるのか。停《とま》れ、停らねば撃つぞ」

威嚇《いかく》の叫びが聞えたが、二十余人の男たちは一団となって出口へ殺到した。

「何をするか、撃てっ」

銃声が耳をつんざく落雷のように、四囲の鉄板に反響する。

喚《わめ》き声が、つるべ射ちの銃声のあいまに湧《わ》きおこった。

「戸を閉めよ。閉めるんだ」

覚たちの見あげる出口の鉄扉が、はげしいいきおいで閉ざされた。

「俺たちゃ、仲間を見殺しにできねえ」

「そうだ、あとを追っかけて、助けてやろうぜ」

硝煙のたちこめる船倉で、昂奮《こうふん》した囚人が叫びたてた。

覚は大声で制止した。

「もう遅か。越智たちはもはややられちょっじゃろ。スペンサー銃をなめてかかれば、皆殺しの目いおうだけじゃ」

三十分も経たないうちに、船倉の扉は引きあけられた。

出口には、警部補以下の六人と、高砂丸の乗員十数人が、小銃を構え立ちはだかっていた。警部補が、かすれ声で告げた。

「ここから逃げようとした者は、射殺し、捕縛した。貴様たちも、逃げたければやってみるがいい。そのかわりやり損じたときは、ひと思いに死なせてくれと泣き叫ぶほどの目に、あわせてやるぞ」

囚人たちは覚を見た。

覚は身じろぎもしなかった。ボンベンと渾名《あだな》されるほどの獰猛《どうもう》な男の眼は、眠ったように閉じられていた。

神戸港外国桟橋《さんばし》を出た囚人の行列は、ぬかるみを藁草履《わらぞうり》で踏みつけ、背中まで泥《どろ》をはねあげ、人通りのまばらな町筋を兵庫港方《みなとかた》小松原口の仮留監へむかった。

覚は背後から呼びかけてきた、越智の訣別の声を、耳底にくりかえし聞きつつ歩いていた。越智の暴発は、惨憺《さんたん》たる結果に終った。覚の予想通り、スペンサー銃の威力のまえに制圧されたのである。

兵庫仮留監は敷地千五百坪、前面に官舎、食堂、浴室、捜検場、教誨所《きょうかい》、事務室があり、奥手に五棟の長方形の獄舎がならんでいた。

三池監獄からきた囚人たちは、まず浴室で水浴をしたのち、濡《ぬ》れた獄衣を仮留監備えつけのものと着替えさせられ、獄舎に拘禁された。

仮留監到着ののちは、前夜の暴動について関係者探索の訊問《じんもん》が、激しくおこなわれるにちがいないと覚悟していた囚人たちは、拍子《ひようし》抜けする思いであった。

「ボンベンさん、これはいったいどういうことですかのう。えらくおだやかな扱いじゃが」

覚は問われると、重い口をひらいた。

「あん和郎《わろ》たちゃ、はじめは安心させ気を弛めさせちょって、翌日から拷問《ごうもん》をやっど。皆、覚悟しちょけ」

彼は、獄舎の床に敷かれた莚《むしろ》へ身を横たえる。

そのまま眼をつむった。

（とうとう、越智もあの世へいってしもうたか。俺《おい》は生きちょって、まだまだ地獄を見ねばならん。辛《つら》かどん仕様んなか）

彼は明治十八年夏の、長崎県高島炭礦での、凄惨《せいさん》なストライキの記憶を、脳裡《のうり》に呼びおこした。

その夏、高島では不潔きわまる坑夫長屋の環境が災いして、全国にさきがけコレラが蔓延《まんえん》した。三千人の坑夫のうち、約千五百人が発病したが、坑夫取締り、坑内主任ら、鬼畜のように残虐《ざんぎやく》な所業をこととする連中は、死に瀕《ひん》した坑夫を海岸にひきずりだし、コレラ菌消毒のためと称して、まっかに熱した鉄板のうえで、生きながらに焼き殺した。

高島炭礦は、長崎港の沖、野母崎《のもざき》北西の高島にあった。明治初年は後藤象二郎《しようじろう》の所有であったが、明治十四年に、三菱鉱業部が、三菱の後藤に対する貸金と相殺《そうさい》で入手したものである。

三菱鉱業部は佐渡金山、生野《いくの》銀山と同様に、高島炭礦で高収益をあげていたが、離島であるため、坑夫には徹底した搾取をおこなっていた。

現場で使役される坑夫たちのうち、ほとんどは口入れ屋に高収入の甘言によってだまされてきた、不運な男たちであった。

彼らは高島にきてみて、眠る間もろくに与えられない強制労働と、貯金はおろか衣食にもことかく薄給におどろき、逃げ帰ろうとする。

だが、いったん島に入った者は、勝手に炭礦から離れることができなかった。取締り、坑内主任らが、棍棒《こんぼう》、日本刀、猟銃を手にして、許可なく島を脱《ぬ》け出る者を捕えようと、見張っている。

脱走する者があれば、即刻捕え、高島独得の残虐な私刑《リンチ》にかけ、なぶり殺しにした。

高島の拷問は、筑豊《ちくほう》の炭礦を渡り歩くすれっからしの坑夫でさえ、恐怖するほどの激烈なものであった。

高島の提燈《ちょうちん》曲げ、砂袋責め、逆吊《さかさづ》り火焙《ひあぶ》りの、三つの拷問をうけた者は、命をおとすか、廃人となるよりほかはなかった。

提燈曲げは、まず両手を背中で縛り、前にのばした両足首も緊縛する。つぎに背をまえへ押し、体を伊勢海老《えび》のように前屈させ、縛りつけた両足のあいだに首を通させる。全身が提燈のように丸くなったところで、足と後頭部のぼんのくぼとのあいだに、二寸角ほどの樫《かし》の棒を差しこむ。

むりやり、体を曲げられただけで、肋骨《ろっこつ》が折れ、内臓が潰《つぶ》れて死ぬ者は、まだしあわせであった。

提燈のように丸く折り曲げられたまま、意識を保っている者は、言語に絶する苦《く》患《げん》にさいなまれつつ、血反吐《ちへど》を吐いて死ぬまでの時を過ごさねばならなかった。

砂袋責めは、二寸角の樫の棒を二本、膝下《ひざした》に置いて坐らせ、膝のうえに五十キロから百キロの砂袋を置く。

この責めをうけた者は、膝が砕けて足萎《あしな》えとなった。

火焙りは、拷問のうちでももっとも残虐をきわめ、正常な人間であれば、その様を見ることさえできない、阿鼻叫喚《あびきようかん》の地獄の責苦《せめく》であった。

火焙りにかけられる者は、褌《ふんどし》ひとつの裸体にされ、両手を後手に縛り、天井に逆吊りにされる。頭部は地面から一尺ほど離され、下から燃やす火に炙《あぶ》られるのである。

焰《ほのお》が頭頂をなめる程度に焚火《たきび》をするので、犠牲者はすぐには死なず、ながい時間もだえ苦しむことになる。

このような蛮行を、長崎警察署は黙認しているだけではなく、逃亡者を捕えて礦山へ連行する助力さえしていた。

覚は先輩の野村兼之とともに、高島へストライキの指導に潜入しているあいだに、コレラ騒動に遭遇した。

実家への通信さえ拒絶され、過酷きわまる労働を強《し》いられている坑夫たちは、ストライキの誘いをうけると、たちまち賛成した。

覚たちの指揮によってはじまった暴動は、すさまじいいきおいで全坑にひろがった。

覚たちは礦山長以下の幹部に襲いかかる。礦山長は小蒸汽船で長崎へ逃げた。蜂《ほう》起《き》した坑夫たちは、逃げまわる世話掛り、坑内主任を追いつめ、撲《なぐ》り殺す。

野村と覚は、礦山に雇われている武芸者ら四人を斬りすてた。十日のあいだ、高島は坑夫たちに占拠された。

覚たちは、いまのうちに逃亡するよう坑夫たちにすすめ、数百人を夜陰に乗じ、小舟で野母崎へ送った。

だが、海岸には巡査に駆りだされた地元の漁師たちが待ちうけており、脱走者の七割が捕えられた。やがて軍隊が鎮圧に出動した。

覚は苦い記憶を辿《たど》ってゆく。彼が隠れた長崎の民家は、自由党の同志の妻がいとなむ下宿屋であった。

まさか密告されることはないと思っていた覚は裏切られ、寝込みを襲われて捕えられた。

覚は長崎警察署で、ストライキの指導者としての自白を求められ、拒むと提燈曲げの拷問をうけた。

彼はそのときの苦悶《くもん》のあじわいを、鮮明に覚えていた。全身の神経に針を突き刺され、掻《か》きまわされているような苦痛に、自分の声とも思えない甲高い呻《うめ》き声が、喉《のど》からあふれでた。

なみの男であれば、命を失うところであったが、覚は三時間に及ぶ提燈曲げをうけ意識不明のまま、監房に投げこまれ、蘇生《そせい》した。

肋骨が折れ、肺に刺さって重態となったおかげで、彼はそのうえの拷問を免《まぬか》れ、命をとりとめた。覚とともに捕えられていた坑夫たちは、残酷な拷問をうけつつ、覚が礦山の世話掛りと用心棒の武芸者らを斬殺《ざんさつ》した事実を隠してくれた。

おかげで、覚は死刑にならず、三池監獄へ送られたのである。

三池では、ボンベンという渾名にふさわしい剣技を、一度だけ見せたことがあった。

その日、囚人たちが坑内《しき》からあがり、飯場で夕食をとっているとき、看守の群れが脱走をくわだてた囚人を捕えて連れ戻った。

彼らはもはや充分にいためつけられ、ぼろ布のように地上に横たわった囚人の、手首、足首を捕縄《とりなわ》で堅く縛り、正座させた。

「さあ、やるぞ」

声とともに、囚人の頭から水を浴びせる。捕縄が濡れ、堅く締って囚人の手足に食いこむ。

身もだえするのを見ると、椅子《いす》に腰をおろしていた看守が立ちあがり、手にした捕縄を手桶《ておけ》の水に浸した。

「さあ、やるぞ。覚悟せい」

看守はいうなり、水を吸い堅くなった捕縄で、囚人の体をところきらわず、力任せに殴りはじめた。

身を締めつけられている囚人は、二重の苦痛に堪えきれず、転げまわって悲鳴をあげる。体じゅうが土埃《つちぼこり》で汚れるので、「黄粉《きなこ》」と呼ばれる刑罰であった。

囚人は苦悶しつつも、歯をくいしばり弱音を吐かなかった。

「悪うございました。ご勘弁願いやす。お助け願いやす」

などと、哀願しようものなら、この野郎は芝居がうまい。口で人をたぶらかす奴だといわれて、いっそうの折檻《せっかん》を受けねばならなかったからである。

看守たちは、囚人が気絶しても、死んだふりをしやがったと、水を掛け蘇生させてまた叩《たた》く。

覚は、飯台のまえではじまった拷問を、顔の筋ひとつ動かさず見つつ、飯を口にはこんでいたが、囚人が麻縄で眼《め》を打たれ、血が流れだしたのを見て、箸《はし》を投げ、立ちあがった。

「やめっちくいやんせ。そん人の片眼が潰れたごたい。痛めつけは、そんくらいでよかじゃろ」

他の囚人たちが、眼をあわすのも怖《おそ》れる看守長に、覚はおそれげもなく声をかけた。

「なんじゃ、ボンベン。囚人の分際で儂《わし》に指図するか」

看守長は猛《たけ》りたった。

「指図じゃなかごわす。囚人の目をつぶして、あんたがた、よかとごわすか」

無法のふるまいを咎《とが》められ、看守長は部下に命じた。

「ボンベンが反抗したぞ。ちと痛めつけてやれ」

三尺棒を手にした看守が、歩み寄ってきた。

覚は立ちあがり、うつむいていた。

「こい、ボンベン」

看守が襟《えり》がみをつかみ、引き寄せようとしたとき、覚の右手が看守の手首をつかんだ。

大柄な看守の体が、覚の頭上を飛び、半回転して飯台に叩きつけられ、皿小鉢《こばち》をはねとばしながら、地ひびきたてて土間に落ちた。

「なにをするか。取りおさえよ」

看守長が叫びたてた。

覚は看守から奪った三尺棒を手にしていた。

「おのれ、反抗するか」

四人の看守が、それぞれ三尺棒を手に、覚に迫った。

進み出た覚は、棒を右トンボに構えた。

「チェエーイ」

彼の喉から、示現流独得の甲声《かんごえ》がほとばしり出た。

腰をおとし、爪先立《つまさきだ》った覚が敏捷《びんしょう》に前へ出た。正面の看守が歯を剥《む》きだし、横なぐりに覚の胴を払ってきた。

三尺棒が覚の胴に当る寸前、覚はわが棒を、ひねり打ちに打ちおろし、それをはねとばす。

覚はそのまま前へ出て、相手に体当りをくわせた。三間ほど飛ばされた看守は、背を飯場の壁に打ちあて、尻《しり》もちをついた。

覚の左右から、二人が同時に打ちかかった。「チェーイ」と気合がふたたび走り、覚は身をひるがえし、左手の看守の利《き》き腕を打った。

棒をとりおとすひとりの腰帯を覚はとらえ、いまひとりが面を打ちこんでくるのを、払いのけつつ、したたかに腰を蹴《け》る。

「お前《は》んたちゃ、そいでん侍か。俺《おい》のいう事《こつ》が、まだ分らんとか。役人が無道をすっとは、何事《なにごつ》じゃ」

覚が前へ出ると、看守たちは怯《おび》え、ひきさがった。

腕のちがいが、彼らにものみこめたようであった。覚は、彼らを子供扱いにできる。彼は逃げようとする看守長の腕をとらえた。

「看守長、分い申《も》したか。俺は囚人、お前《ま》んさあ役人ごわす。じゃっどん、おたがい士族でごあんそ。無道なふるまいは、やめ申《も》そ」

覚はいいおえると、しずかに獄衣の埃をはらい、棒を看守に返した。

さすがに看守長は、覚に刑罰を加えなかった。覚の武士らしいいさぎよさが、彼らの報復を押えたのである。

兵庫仮留監の獄舎で覚が寝ころんでいるうち、雨が強く降ってきた。高砂丸から下された仲間は、隣りあう三つの監房に分けられ収容されていた。

格子《こうし》のそと、葉鶏頭が二、三本立っているだけの荒れた庭に、仔犬《こいぬ》が迷いこんできていた。

灰色の毛を濡らして、雨のなかを行き来している、痩《や》せた犬を見ているうちに、覚は鹿児島高見馬場の生家を、思いだしていた。

覚の父は、地頭をつとめたこともある、五百石《こく》取り、小番格の藩士であったが、覚が幼ない頃《ころ》に病死した。

いま、家を守っているのは、母と七十の坂をこえた祖母である。

(俺はもう、あん家へは戻れんごたる)

覚はわびしい思いで、生家の庭で梅雨の雨に濡れているであろう、大芭蕉《おおばしよう》の幻を宙に眺《なが》めた。

(もう、お稲とも会《お》うがでけんじゃろ。俺《おい》は、なんでこげん身のうえになったとか。まこて、ふしぎな事じょ)

彼は自嘲《じちよう》した。

稲は、五歳年下の従妹《いとこ》であった。覚が鹿児島におれば、彼の妻女になっているはずであった。

(お稲は嫁にいったか。どげんじゃろ。そん事《こつ》を思うてみたとて、詮《せん》なかか)

覚は傍《そば》に身を横たえる囚人から顔をそむけ、苦笑いをうかべた。

朝食、昼食までは、なにごとも起らなかった。食事の内容は、三池にくらべるとかなりよい。囚人たちは安心して、昼寝の寝息もあちこちに聞えていた。

だが、覚には警察のやりくちが分っていた。彼らは三池から運ばれてきた、札つきの囚人たちを、無事に樺戸集治監へ送りとどけるために、兵庫仮留監で、不穏分子を徹底的に排除するのに、決っていた。

排除した危険な囚人はどうするか。殺すのがもっとも簡単な解決策であった。

（こんどん騒動《そど》の軍師として、俺は狙《ねら》われちょっ。たぶんここで殺さるっとじゃなかか）

拷問されたあげく落命するような、無様な死にかたはすまいと、覚は心をきめていた。

彼は示現流剣術の達者であるとともに、南蛮殺倒流という、拳法《けんぽう》をもよく使う。殺倒流の技を余人に見せたことはなかったが、馬の胴を素手でえぐり抜くという手刀の技は、覚の得意とするところであった。

なにごともなく時が過ぎた。

午後六時に点呼がおこなわれ、そのあと夕食がはこばれてきた。夕食後、巡査、看守が三十人ほどもあらわれ、監房の戸をあけた。

「ただいまより教誨所において、警部長殿のご説諭がおこなわれる。全員廊下に出て、整列いたせ。二列縦隊じゃ」

囚人たちは、吊りランプの火明りがゆらめく廊下に整列し、教誨所へむかった。湿けたにおいのただよう広い土間に、覚たちは佇《たたず》んで警部長を待った。制服姿の山田警部長が、演壇にあらわれると、看守長が号令をかけた。

「敬礼、直れ」

警部長は、囚人たちにうなずいてみせた。

いかめしい吊り髭《ひげ》をひねった彼は、説諭をはじめた。

「お前たちのうち、一部の不心得者が昨夜、高砂丸船内で、看守に抵抗し、多数が射殺され負傷し、無疵《むきず》の者もすべて捕縛された。まことに由々《ゆゆ》しい事件であるが、本官は移送途中のことゆえ、この仮留監では一切罪を犯した者の処分は致さぬ。それは樺戸集治監、月形典獄にお任せする。ここにおる者のなかにも、樺戸において罪状に照らし処断される者がおると思うが、責はすべておのれの身にあることゆえ、やむをえぬ。今回の暴挙に加わらなんだ者は、こののち一切、危険人物にそそのかされぬよう、気をつけよ。もし、一味に加わり、ふたたび騒動をおこすなら、命を失う覚悟をいたせ。高砂丸には、あらたに巡査十名が警備要員として乗り組むことになる。お前たちのなかには、旧自由党壮士もおるらしいが、さような者の煽《おだ》てに乗ってはいかん。樺戸でまじめにはたらくなら、やがて減刑出所となるのも夢ではない。精勤者には、田畑も下付され、北海道で一家をたてることもできるのじゃ。高砂丸は、明朝出帆する」

山田警部長の説諭は、一時間にわたり延々とつづいた。

説諭が終り、監房に戻ったのち、覚の傍に十人ちかい囚人が集まった。彼らは消燈したあと、声を忍ばせ覚に聞いた。

「ボンベンさん、儂らは明朝八時にここを出て、高砂丸で北海道にむかうらしいが、ここじゃ、何事も起らぬらしいのう」

「うむ、俺《おい》どもが樺戸へやらるっじゃろと、警部長ははっきいというたが、断罪をすっとも樺戸へ着いたのちじゃと、いいおった。いうてみりゃ、いままでんごたる隠しだてはせず、正面から脅しつけちょっとじゃ」

「それなら、儂らはどうなるんじゃろ。旧自由党壮士とは、ボンベンさんのことじゃろうが」

「そん事《こつ》じゃ。俺は樺戸へいきゃ、いちばん危《あん》なか仕事場へ追いやられ、自然に死《けし》んごっ仕向けらるっに決っちょっ」

「やっぱり、そうか」

囚人たちはうなずきあう。

彼らは声を殺し、覚に聞いた。

「それで、ボンベンさんはどうしなさるんじゃ」

覚は吐きすてるようにいう。

「俺はわが身の振《ふ》いかたは、決めたど」

「どんなぐあいに、決めなさった」

「そいは俺が勝手じゃ。お前《は》んらにいうこたなか」

囚人の一人が声を押し殺して聞いた。

「いつやんなさる。今夜か、明日の朝か」

覚は黙っていた。

「よし、分ったぜ。ボンベンさん。儂らはあんたについていくぜ」

囚人たちはささやきを残し、闇《やみ》のなかに散った。

カンテラを提げた看守が、廊下をゆっくりと近づいてきていた。


翌朝七時、「諸囚起座せよ」の号令が獄舎にひびきわたった。樺戸行きの囚人たちは、獄舎の清掃ののち、洗面、喫食をすませた。

午前八時、サーベル、スペンサー銃で武装した巡査が十六人、獄舎の廊下にあらわれた。

「さあ出発じゃ、監房のそとに出て、二列縦隊となれ」

覚たちは整列する。

巡査は銃を手に、囚人の隊列の各所を物々しく警固した。

「鎖をかけよ」

囚人たちを数珠《じゅず》つなぎにする鎖が配られた。覚は鎖を手にするなり、機敏な行動に出た。彼は傍に立つ巡査の頭を鎖で強く打ち、巻きつけるなり手前へ引く。巡査はもたれかかってきた。覚は手刀で肩口を一撃し、巡査は低く呻いて膝《ひざ》を折った。

巡査のサーベルは、覚の手に移っていた。

「なんだ、何をするのじゃ」

廊下に立ちならぶ巡査が、叫んで駆け寄ってきかけたが、廊下を埋める囚人が彼らに襲いかかった。

呼子笛が鳴りひびくなか、十六人の巡査が打ち倒されるのは、一瞬のことであった。

覚は無言で突進した。彼のうしろから、サーベル、スペンサー銃をふりかざした囚人たちがつづいた。

囚人の群れが押しあって庭に出ると、われがちに表門へ走った。望楼に立つ看守が早鐘を打つのを覚は聞きすて、先頭に立ってゆく。

閉された表門のまえに、抜刀した巡査が集まっていた。三、四十人はいるとみた覚は、サーベルを右トンボに構えた。

彼は薄《すすき》の穂のなびくようにむかえうつ白刃《はくじん》に、身を叩きつけるように斬《き》りこんでゆく。覚の右からのはげしい打ちこみを受けた巡査は、刀身をふたつに折られ、左肩口から乳下へふかく斬り裂かれた。

返り血を目鼻に浴びた覚は、身をそらせて逃げようとするつぎの敵を体当りで突きとばし、背中へ唸《うな》りをたてて打ちこむ。

白小倉の上着を破られ、手桶の水を撒《ま》くように血を噴出させた敵は、刀を放しうつぶせに倒れこむ。

「チェーイ」

覚は豹《ひょう》のように跳躍して、つぎの敵に斬りかかっていった。


死にものぐるいの乱闘のあげく、覚は逃亡に成功した。百余人の仲間のうち、逃げおおせた者は、ほかにはいなかった。

兵庫仮留監記録には、騒動の模様が次のように記載された。

「午前八時、仮留監より乗船せしめんとせしに、多囚看守所に迫り、続きて監門を破りて破獄を企つる等、凶暴至らざるなく、ついに警護官吏は抜剣して鎮圧せざるを得ざるに至り、為《ため》に斬殺せし者あり。騒擾《そうじょう》およそ一時間にわたり、囚徒は死亡七人、重傷二人、軽傷六人、逃走一人なり。余囚は皆縛に就きて乗船し、樺戸監獄に向いて出発せしめたり」

覚に斬られた巡査についての記載はなかった。

この作品は、一九九二年九月に新潮文庫より刊行された。

なお、「身の位」はＰＨＰ文芸文庫『剣豪血風録』（二〇一二年一月）にも収録されている。

著者紹介
津本 陽（つもと　よう）
1929年、和歌山市生まれ。東北大学法学部卒業。サラリーマン生活を経て、小説家を志す。1978年、『深重の海』で直木賞受賞。1995年、『夢のまた夢』で吉川英治文学賞受賞。2005年、菊池寛賞受賞。『大わらんじの男』（幻冬舎時代小説文庫）、『下天は夢か』（角川文庫）、『剣豪血風録』『天狗剣法』『荒ぶる波濤』『伊賀忍び控え帖』（以上、ＰＨＰ文芸文庫）、『塚原卜伝十二番勝負』（ＰＨＰ文庫）など著書多数。1997年、紫綬褒章受章。2003年、旭日小綬章受章。

ＰＨＰ文芸文庫　人斬り剣奥儀

2015年１月27日　第１版第１刷

著　者　津本　陽
発行者　小林成彦
発行所　株式会社ＰＨＰ研究所
東京本部　〒102-8331 千代田区一番町21
文藝出版部 ☎03-3239-6251（編集）
普及一部 ☎03-3239-6233（販売）
京都本部　〒601-8411 京都市南区西九条北ノ内町11
PHP INTERFACE　http://www.php.co.jp/
組　版　朝日メディアインターナショナル株式会社
印刷所　共同印刷株式会社
製本所　株式会社大進堂

ISBN978-4-569-76294-4

PHP文芸文庫

天狗剣法

法神流 須田房之助

津本 陽 著

上野国（群馬県）で法神流の奥義を極め、江戸まで勇名を馳せた幕末の天才剣士・須田房之助の知られざる生涯を、渾身の筆致で描く！

定価 本体六四八円（税別）

PHP文芸文庫

荒ぶる波濤《はとう》

坂本龍馬と陸奥宗光の青春

津本　陽　著

明治の辣腕外相として名を馳せた陸奥宗光、その青春時代の物語。紀州藩を一族脱藩し、龍馬と出会って才能を開花させる姿を描く歴史小説。

定価　本体七〇五円（税別）

PHP文芸文庫

伊賀忍び控え帖

津本　陽　著

松永弾正、織田信長でさえ手玉に取る伊賀忍び・遠山太兵衛。人間離れした神業で戦国の裏の世を生き抜いた男たちを描いた長編時代小説。

定価　本体七〇五円（税別）

PHP文芸文庫

第140回 直木賞受賞作

利休にたずねよ

山本兼一 著

おのれの美学だけで秀吉に対峙し天下一の茶頭に昇り詰めた男・千利休。その艶やかな人生を生み出した恋とは。

定価 本体八三八円(税別)

PHP文芸文庫

花ならば花咲かん

会津藩家老・田中玄宰《はるなか》

中村彰彦 著

江戸中期に深刻な財政難と人倫の乱れに直面した会津藩を、数々の施策によって再建した中興の名家老・田中玄宰の一生を描く歴史長編。

定価 本体一、〇〇〇円(税別)

PHP文芸文庫

本所おけら長屋

畠山健二 著

様々な職業の老若男女がつつましく暮らす「本所おけら長屋」が舞台の笑いと涙の連作時代小説。思わず引き込まれる人情物語の傑作。

定価 本体六一九円（税別）

PHP文芸文庫

本所おけら長屋(二)

畠山健二 著

本所亀沢町の「おけら長屋」の面々による笑いあり涙ありの書き下ろし時代小説第2弾。テンポいい会話、巧みな物語運びがパワーアップ!

定価 本体六一九円(税別)

PHP文芸文庫

〈完本〉初ものがたり

宮部みゆき 著

岡っ引き・茂七親分が、季節を彩る「初もの」が絡んだ難事件に挑む江戸人情捕物話。文庫未収録の3篇にイラスト多数を添えた完全版。

定価 本体七六二円（税別）

PHP文芸文庫

四色《よしき》の藍《あい》

西條奈加　著

夫を何者かに殺された藍染屋の女将は、同じ事情を抱える女たちと出会い、仇討に挑む。女四人の活躍と心情を気鋭が描く痛快時代小説。

定価　本体七〇〇円（税別）